秘密の一夜で身ごもったら、俺様CEOが溺愛全開になりました

marmaladebunko

葉野美紗

マーマレード文庫

目次

秘密の一夜で身ごもったら、俺様CEOが溺愛全開になりました

秘密の一夜で身ごもったら、
俺様CEOが溺愛全開になりました

プロローグ

珍しく鼻歌をフンフン唄うくらい、今夜の私は最高に機嫌がよかった。

真新しいマキシスカートのサマードレスに身を包み、背中まである長い黒髪をアップにまとめ上げると、大胆に開いた素肌の背中がぱっくり覗く。ぽってりした唇にうっすらリップを塗って、二重瞼にはブラウンのアイシャドウ。普段はバッチリ化粧をしたり、こんな恰好はしないけれど、今夜は特別だ。耳元で揺れている桃色珊瑚のピアスも最高に可愛い。

季節は九月。遅めの夏休みを利用して、五つ年上の姉の麻衣《まい》と一緒に羽を伸ばすべく訪れた沖縄《おきなわ》。二泊三日と短い旅行だったけれど、今夜はその最終日だった。姉がディナーに高級アジアンレストランに連れて行ってくれるというので張り切って自分なりにお洒落をしたのに……。

「ええ!? シュノーケリングのインストラクターと一緒にレストランに行くって?」

自分でもびっくりするくらいの大きな声が部屋に響く。

「う、うん、ごめん結衣《ゆい》。ほんとにごめん! なんていうか彼と話してたら姐御肌が疼いたっていうか、もう可愛くなっちゃって……今夜お姉さんがご馳走してあげる！　って、言っちゃったのよぉ、ちなみに学生バイトさんなんだって、ね、だからこのとおり！」

私の前でギュッと目を閉じ、拝むようにパン！　と両手を合わせて頭を下げている姉は、私と同じく独身、彼氏ナシ。

「もぅ、しょうがないなぁ、せっかく楽しみにしてたのに」

腕を組みガクッと両肩を落とす。胸の底からため息をつくと、先ほどまでのウキウキした気持ちが一気に萎んでぺちゃんこになる。

今日の午後、一緒にシュノーケリング体験をしようと姉から誘われたけれど、運動音痴の私はそれを断ってホテルのスパでのマッサージを選んだ。

もうその時点でこうなる運命だったのかも。

姉は担当してくれた学生インストラクターの男の子と仲良くなり、きっと大見得を切って勢いでご馳走すると口走ったに違いない。相当楽しい思いをしたのだろう。

姐御肌が疼いたって……まったく。

両親のいない環境で育ってきた姉妹だから必然的に面倒見がよくなるのは理解できるけれど、姉の場合は時に行きすぎるのが玉に瑕だ。私の予約席を彼に譲って欲しいという身勝手な申し出に、呆れるしかなかった。

そもそも、今回の旅行は私の勤める会社が所有するリゾートホテルのペア宿泊券が社員特典で初当選したことから始まった。軽い気持ちで社内報に取り上げられていたキャンペーンに応募しただけで、まさか本当に当たるなんて思ってもみなかったから、いざ当選してみると嬉しい反面迷った。一緒に行けそうな友人も日程的に無理、特に恋人がいるわけでもない。同行者は社員でなくても問題ないと言われ、たまたま都合のついた姉を誘ったら手放しで喜んでくれた。

客室が百部屋以上ある大型ホテルで全室オーシャンビュー、バーやプールなどの施設も充実していて一度は泊まってみたいホテルランキングで必ず目にする。一般予約は数ヵ月待ちで社員でさえもなかなか予約なんて取れない。そんな素敵なホテルで過ごす最後の夜を、楽しい旅の思い出にするつもりだったのに。

姉と別行動することになり、すっかり食欲も失せた。しかも滅多にお洒落なんてしないのに、結局それを持て余す形になってしまった。

そういえば、ホテルの屋上にナイトバーがあるって言ってたっけ？

こうなったら飲まずにはいられない。せっかくの旅行だ。姉は姉で最高の夜を過ごすなら、私も私で楽しまなきゃもったいない。

私は悶々とした気持ちを払拭すべく、屋上へ向かうエレベーターに乗り込んだ。

わぁ、素敵。プールがある！

屋外に出るガラスの扉を開くと、まず中央にある大きなひょうたんの形をしたプールが目に飛び込んできた。水面に映る満月が海月のようにゆらゆらと揺れている。全体的に広々とした空間には、プールサイドでビーチボールを投げ合って楽しんでいる人たちや、プールに入りながらトロピカルな飲み物を片手に談笑する水着を着た数人の若い男女がいた。ほとんどがカップルみたいで私のように女性ひとりで来ている人はいないようだ。辺りはライトアップされていて、幻想的な雰囲気が醸し出されている。そしてプールの向こうにはアジアンテイストな藁葺き屋根の小さなカウンターバーが見えた。

「ゴーヤモヒートお願いします」

バナナリーフで作られたカウンターチェアに座りひと息つく。カウンターは四角に象られ、その中央でバーテンダーがカクテルを作っていた。反対側のカウンターには若い女性がふたりいてお喋りに夢中になっている。

飲みに行くと必ず最初はビールを頼む。けれど、せっかく沖縄に来たのならそれっぽい飲み物をオーダーしてみたくなった。

「お待たせしました」

しばらくすると、注文したゴーヤモヒートが目の前に置かれた。まるで青汁のような見た目で薄くスライスされたゴーヤがライムと一緒にのせられている。苦くて飲めなかったらどうしよう、なんて思ったのも杞憂で、実際のゴーヤモヒートはほろ苦さがクセになりそうなさっぱりとした口当たりだった。

うん、美味しい！

今の私の気持ちが晴れ渡るような爽やかさに、気づけば三杯目のグラスを手にしていた。

まったく、お姉ちゃんってばほんっと勝手なんだから。はぁ……レストラン、楽しみだったのになぁ。

姉は旅行やレストラン情報誌の編集部でライターとして働いている。長年全国の美味しいお店を渡り歩いているだけに、姉がチョイスしたレストランもきっと間違いない、と思って期待してたのに。

心の中でブツブツと文句を呟いて頬杖をつく。

すると。

ん、なんか誰かに見られているような？

少し酔いが回ってきたせいで、ただの勘違いだろう。そう思って視線をプールサイドへずらすと、リクライニングさせたビーチベッドに寝そべりながら、お酒の入ったグラスを手にしている三十代くらいの男性と目が合った。私の座っている場所から数メートルは離れているはずだけど、酔いが覚めそうになるくらい端整な顔立ちをしているのがはっきりとわかった。真っ白なポロシャツに黒のクロップドパンツというラフな恰好で、寝そべっていても高身長なのが見て取れる。思わず惚けていると、うっすらと目を細めてニコリと笑みを向けられた。

ッ⁉　今のって、私に向かって笑ったのかな？　いやいや、気のせいだよね？

自意識過剰。と自分が恥ずかしくなってパッと目を逸らしたそのときだった。

「ちょっと！　やめてください！」

嫌がるような女性の声がして、顔を上げると三人の男性たちが反対側に座っていたふたり連れの女性の周りを取り囲んでいた。パッと見た感じいかにも遊んでます、といったチャラチャラした風貌で、私もできればお近づきになりたくないタイプだ。

「そんなさぁ、あからさまに嫌がらなくってもいいじゃん、ふたりだけ？　ほかに誰も連れいないの？」

見向きもしない女性の気を引こうと、男性のひとりが細い腕を掴む。

「スタイルいいよね、モデルとかなにか？　俺たちの部屋で飲み直さない？」

そう言いつつ、男性の視線は女性の豊満な胸元に釘付けになっている。

なにあのエッチな目、部屋で飲み直す？　まさか、あの人たちの目的って……そういうこと？

今にも泣きそうな女性を見ていたら、自然と身体が動いていた。

「あの、すみません。彼女たち嫌がってますよね？」

こういうとき、正義の味方みたいなヒーローがやってきて助けてくれるのがデフォルトだけど、目の前の不愉快な光景をこれ以上見ていられなかった。

「は？　あんた誰？」

いきなりナンパを邪魔された男性は掴んでいた女性の手を放し、ムッとした顔で私を睨んできた。絡まれていた女性はその隙にそそくさとその場を後にする。

獲物を逃がしたと言わんばかりにチッと舌打ちをして男性が私に歩み寄る。

「代わりに俺たちの相手してくれるって？　俺らオバサンには用ないんだけど？」

……は？　オ、オバ、オバサン!?　今、オバサンって言った？　私これでもまだ二十五なんですけど！

先ほど飲んだお酒が今になって全身に回ってきたのか、頭に血が上ったと同時に急にクラクラと眩暈がして視界もブレてきた。

「と、とにかく、人が嫌がることは……」

あぁ、だめ、なにこれ、すごい気持ち悪い。

アルコール度数なんて全然気にしていなかったけど、結構飲んだ気がする。おぼつかない足元でカウンターの椅子に座ろうとしたら、マキシスカートの裾を踏みつけてしまう。

「わっ」

体勢を整えることもできず、私はあろうことかそのままプールへ落下した。

第一章　彼の腕の中から始まる現実

私は普段、目覚めはいいほうだ。いつも目覚ましが鳴ればパッと起きられるし、寝ボケることもあまりない。

だけど……。

「よう、起きたか？　ほんと、よく眠ってたな」

そう言われて初めて自分がずっと寝ていたことに気づいた。でも、これはまだ夢の続きなんじゃないかと思う。

そうそう、これは夢。じゃなきゃ、こんな芸能人みたいなイケメンが裸で私に腕枕なんてするわけないし。

左右対称に整った目と鼻。弓型の薄い唇は見ているだけでドキドキする。肌なんて思わず手を伸ばしてしまいたくなるくらいキメ細かい。

枕は固めが好き。だから、筋肉質な腕に頭をのせていると寝心地がよくてまた頭がふわふわしそうになる。

こんな完璧に顔が整った人なんてそうそういない。いたとしても、私とは縁のない話だ。

「これが夢だって？　じゃあ現実だってわからせようか？」

清潔感のある指通りの良さそうな自然な濃茶の髪を掻き上げて、彼が私を引き寄せる。そして、頬を包み込むように手をあてがって唇に軽くキスをした。

わ、温かい……。

こそばゆくて、ふふっと自然に笑みがこぼれる。これが夢ならいつまでもずっとこうしていたい。

「体調はどうだ？　昨夜のことは覚えてるか？　いきなりプールに落ちてその後大変だったんだぞ」

……え？　プールに落ちて？

そうだ。私、昨日の夜は確かひとりで屋上のバーに行って、飲んでたら女の人が変なチャラ男に絡まれてて、それから……それから……記憶がない。

彼の言葉が徐々に現実味を帯びてきて、霧がかった頭の中が記憶を遡れるくらいクリアになると夢見心地が一変した。

ここ、私の部屋じゃない。

「あ、あの！」

私は寝ていたキングサイズのベッドから身を跳ねさせた。

ハッと胸元を見ると〝TD〟と刺繍されているガウンを着ている。これは私の勤める会社〝藤堂《とうどう》商事〟のロゴだ。

ということは、ここは私の宿泊してるホテル内ってこと？

でも、どうしてガウンなんて着てるの？　確か昨夜はサマードレスだったはず。

「すみません、なにがなんだか……」

「そりゃ人の部屋で吐くくらい飲めば記憶も飛んでるか。元々着てた服はクリーニングサービスに出してあるから、後でレセプションで受け取ってくれ。君が持ってたバッグもそこにある」

人の部屋で吐いた？　やだ、全然覚えてない。

お酒は大好きで自分でもマナーよく飲むほうだと思っていたけれど、今までこんな失態を犯したことはない。迷惑をかけられたはずなのに、まったく気にしている様子もなく彼は涼しげに笑っている。

「昨夜、バーで飲んでただろ？　そのときに俺と目が合った。覚えてないと思うが」

目が合った？　そういえばビーチチェアに寝そべってたイケメンがいたような……。

そんな記憶も曖昧だ。いったい私の身になにが起きたのか。

完全に夢見心地から覚めてサッと血の気が引いていく感覚に眩暈がしそうになる。

そんな私を見て、彼が小さくため息をついた。

「ガキが若い女をナンパしているところに君が止めに入った。その後だ、いきなりフラフラしてプールに落ちたのは。足がつくはずなのに溺れかけてさ、俺が飛び込んで助けたってわけ。けど、気を失ってたみたいだったからこの部屋に連れ帰って寝かせておいた。理解したか？」

記憶が飛んでいる部分を簡単に説明されて呆然とする。きっとお酒で気が大きくなっていたせいだ。普段の私は会社でも目立たない影の薄い存在で、いざこざの仲裁に自分から突っ込んでいくような性格じゃない。

とにかくこの人に謝らなきゃ、それにお礼も。

「ご迷惑をおかけしました。本当にすみません。助けていただいたみたいで……ありがとうございました。あの、それで絡まれていた女性は大丈夫だったんでしょうか？」

「さぁ、助けてもらっておいて礼のひとつも言わずにそそくさと逃げてったやつらのことなんてどうでもいい。それより俺は断然君に興味がある」

クイッと口の端を押し上げて顔を覗き込まれると思わずドキリとする。近くで見れば見るほど顔立ちの整った人だ。

「昨夜は可愛かった。さっきだってキスしたら、もっと欲しそうな顔してたぞ」

……は、はい？

ポカンと呆けている私の唇に彼が人差し指でちょんと触れる。

そうだ。よくよく考えてみたら誰がどうやって私をガウンに着替えさせたの？　昨夜は可愛かったって、まさか……。

お酒に酔った勢いでこの人としちゃったってこと⁉　それに、さっきは頭がぼんやりしててよくわからなかったけど、キス……されたような？

冷静になって考えると、急に身体が熱くなってきて顔まで真っ赤になっていくのがわかる。穴という穴から蒸気がシューシュー噴き出しそうな勢いだ。

「なんだ、まだ現実が理解できてないみたいだな」

「きゃっ」

不意に腕を軽く摑まれ彼の胸元へ引き込まれる。そして包み込むように覆いかぶさって私の唇を奪った。

なにが起こったのかわからなかった。

キスをされたとわかった瞬間、彼の両肩を摑んで押し返そうとした。

「さっきと反応が違うな、嫌だったか？」

反応が違うって、私、さっきなにしたの？

気が動転して言葉が出てこない。彼は面白そうにニッと笑った。

「そうやって嫌がる素振りも可愛い。ますます振り向かせたくなるな」

「え……」

「冗談だよ」

困惑して警戒線を張り直す暇もなく軽く頬にキスされる。

「し、失礼します！」

ガウンの裾がめくれそうになるのもお構いなしに勢いよくベッドから飛び降りる。

そして、ベッド脇のソファに置かれていたバッグを手繰り寄せたのはいいけれど、ドジなことに弾みで中身を全部ひっくり返してしまった。

はぁ、もう、なにやってるんだろ。早く拾わなきゃ、財布にスマホにスケジュール帳に……。

慌ててひとつひとつバッグに入れていた物を確認しながら突っ込んでいくと。

あれ？　社員証がない。

このホテルに宿泊する際、社員証の提示が必要だった。クレジット機能も付いているから貴重品としていつも持ち歩いている。だから失くしたら非常に困る物だ。

「ふぅん、藤堂商事株式会社、食品産業統括グループ消費財本部所属ね」

え？　ちょ、なんでそんなこと知って……。

ギョッとして見ると、社員証の入ったカードケースのストラップに人差し指をひっかけて、不敵に笑う彼と目が合う。

「返してください」

「はいはい。大事な物だろ？　別に盗ったりしないさ。ほら」

無事に社員証を手渡され、それをバッグに入れる。そして踵を返して部屋から出て行こうとしたときだった。

「また会える。広瀬《ひろせ》結衣さん」

バッチリ社員証を見ました、と言わんばかりにわざとフルネームで呼ばれ、さっきからずっと真っ赤にしている顔を伏せると、私は今度こそ部屋を後にした。


旅の恥は掻き捨てなんていうけれど、お酒に酔って知らない人と寝たなんて誰にも言えないよ……。

ホテルをチェックアウトしたときにクリーニングしたてのサマードレスを返却された。その瞬間、自分の犯した失態が彷彿されて居た堪れなくなった。

はぁ、せっかく買ったけど、あの服はしばらく着る気しないな。

帰りの飛行機の中、昨夜はずいぶん楽しんだのかご機嫌な姉の横で私は盛大にため息をついた。

「あ、そういえば結衣、一晩中部屋に戻ってこなかったじゃない、心配してたんだから」

「……それは」

思い出したかのように姉に突っ込まれて返答に困っていると、それを姉なりに解釈したのかニッと笑った。

「ふぅん、結衣もそれなりに楽しんだってことね」

私は言い訳をせず、俯いたまま今は黙って姉の想像に任せることにした。

それにしても、あの人の名前くらい聞いとけばよかったかな。

また会えるなんて言われたけれど、たぶんもう二度と会うこともないだろう。それなのになぜか彼のことが脳裏に焼きついて、しばらく頭から離れなかった。

沖縄旅行から三ヵ月後――。
私の勤める藤堂商事株式会社は東京《とうきょう》丸《まる》の内《うち》に二十階建ての本社ビルを構え、不動産・化学・食品など各グループ事業を抱える大手総合商社だ。社員数は子会社を除いても五千人以上、手広く海外にも事業を展開していて、就職希望・人気企業ランキングで必ず上位に挙がっているのを目にする。そんな最大手の食品産業統括グループ消費財本部に就職が決まったときは、一生分の運を使い果たしたのではないかと思った。

消費財本部では加工食品や飲料などの製造・販売事業を国内および海外市場に幅広く展開していて、私は主に国内の消費者相手に企画・考案された商品のマーケティングに携わっている。

はぁ、沖縄旅行、楽しかったなぁ。

沖縄旅行はまるで毎日が天国みたいだった。いつもの日常に引き戻されて三ヵ月経った今でも、浮き彫りになった余韻に時々こうして浸ることがある。そして必ず思い出すのはあの彼のこと。

今頃なにしてるかな……でも、もう会わない人だし、あれは全部お酒のせいなんだから。

自分の記憶のないところで一夜を過ごした相手のことなんてもう忘れよう。

午前中の仕事をそつなく終え昼休みに入ると、同僚の美佳《みか》からランチに行こうと誘われた。彼女とは学部は違えど、私と同じ大学出身だったこともあり入社式ですぐに打ち解けた。唯一信頼の置ける存在で、なにかと仲良くさせてもらっている。美佳は地味な私と違って、目鼻立ちのはっきりとしたショートボブがよく似合う可愛い系女子だ。

「いい天気だし、レストラン混んでるから今日は中庭で食べない？」

会社の低層部には飲食店や物販店舗が入っていて、昼時になると混雑し始める。真っ白な大理石の床はいつもピカピカに磨かれていて、緑豊かな木々が見える窓際のロビーでは社員が数人打ち合わせをしていた。

「うん、そうだね」

仕事が終わってグランドフロアまで下りると、会社なのにまるで高級ホテルのような空間に癒される。

私たちはコンビニでそれぞれパンやおにぎりなどを購入し、会社の中庭にあるいつものベンチに座って昼休みを取ることにした。

十二月の空はカラッと晴れていて、今日は風もないから寒く感じない。気持ちのいい日だった。

「そういえばさぁ、来週の社員総会にうちの新しい部署統括ＣＥＯが来るらしいよ」

「え？　そうなの？」

先日、私の所属する食品産業統括グループ消費財本部のCEOが病気を理由に退職した。部署のCEOが不在というのもなにかと不安だったけれど、さっそく、新任のCEOが就任すると聞き、私は目を丸くした。

そんな情報いったいどこから仕入れてくるんだろ？

「もう非の打ちどころがないくらい、めっちゃイケメンCEOなんだって！　秘書課の子が言ってた」

彼女は色んな部署に友人がいて、独自の情報源パイプを社内に張り巡らしている。どこの部長と秘書が不倫しているとか、付き合ってるとか、下世話な情報のほうが多いけれど。

新しいCEOかぁ。

どんな人であろうと、実際社内で会う機会もそうそうないだろうし、ましてや一緒に仕事をすることもない。でも、非の打ちどころがないくらいのイケメンと聞いて耳がピクリと反応する。

新CEOの情報は秘書課の同僚からみたいだし、イケメンかどうかは好みの問題だけど、新しいCEOが就任するというのは間違いなさそうだ。

「しかもずっとアメリカの本部にいたみたいだから、英語だってきっとペラペラなんでしょ？　それだけでポイント高くない？」

美佳は新しいCEOを想像しながら目をキラキラ輝かせている。

「うちは外資系の会社なんだし、英語ペラペラな社員はほかにもたくさんいるじゃない。CEOってとこがポイント高いんでしょ？」

「ふふ、バレた？」

いたずらっぽく美佳がニッと笑う。相変わらずわかりやすい彼女に私はひょいと肩を竦めて小さく笑った。

「とにかく、社員総会に新CEOが来るなら、どんな人か楽しみだね」

ちらりとスマホを見ると、そろそろオフィスに戻る時間だ。

私は昼食を食べ終え、最後にひとくち残ったオレンジジュースをストローでズッと吸い上げた――。

私のオフィスは二十階にあり、天気のいい日だとエレベーターから降りてすぐの窓から富士山が望める。オフィスに向かう前に「頑張るぞ」という気持ちになれて、私のお気に入りの景色だった。

美佳から「メイク直して行くから先に戻ってて」と言われ、自販機でカフェオレを買ってからオフィスへ戻ろうと思っていたそのとき。

数メートル先の会議室のドアが開き、消費財本部の遠野《とおの》部長とピシッとスーツを着こなした背の高い、三十代くらいの男性が出てきた。

「それでは今後ともよろしくお願いいたします」

「えぇ、こちらこそ」

一八〇センチはあるだろうスラッとした人で、廊下を歩いている女性社員が彼を見て頬を赤らめている。そして、その男性が顔の角度を変えたとき、私の心臓がドキリと跳ねた。

ッ!? 今、こっち見て笑った？

遠からず近からずの距離だけれど、私に向けられたその男性の流し目が一瞬細められ、口元に笑みが浮かんだように見えた。

あれ、この感覚、前にもどこかで……。

思い出そうとしても思い出せない不思議な既視感に目を瞬かせていると、遠野部長とその男性は私に背を向けて歩き出し、廊下の角を曲がって行った。

いけない、早く戻らなきゃ。

カフェオレを買いにきたことも忘れて、私は慌ててオフィスへ急いだ。

第二章　彼の正体

社員総会当日。

今日はカラッと晴れたいい天気だけれど、時折吹く風が冷たく肌を掠めた。

藤堂商事の社員総会は年に一回、都内のホテルのイベントホールを貸し切って行われる。今回の総会は本社の社員のみが集まるイベントで、別の部署の社員同士が顔を合わせてさまざまな情報を共有したり、仕事に対しての意識を高める機会でもある。

総会開始十五分前にもなると、ホテルの中で一番大きな会場に三百人以上の社員たちがズラッと集まっていた。それにしても、なんだか今日はやけに女性社員たちが前列に席を陣取っている気がする。

「結衣、こっちの席が空いてるよ」

私と美佳は空いていた後ろのほうの席に腰を下ろした。

毎年プレゼンテーションや上層部からの業績報告などがあるけれど、おそらく、ここにいるほとんどの社員が一番楽しみにしているのは、総会が終わった後の懇親会だろう。ホテルのレストランのシェフが腕を振るったビュッフェスタイルの食事やドリンクが用意され、余興などを交え毎年賑わいを見せている。

総会開始から三十分、経営層からのプレゼンテーションが終わった頃。

「それでは、食品産業統括グループ前CEOに引き継ぎまして、この度新たに就任された藤堂CEOの紹介に移ります」

ん？　藤堂？　うちの会社と同じ名前だけど……もしかして親族？　なわけないか、偶然だよね……。

女性司会者の言葉とともに会場に緊張が走る。噂の新CEOの登場にドキドキと胸を高鳴らせていると、袖からひとりの男性が檀上へ上がった。

私はステージ中央に立つ男性に焦点を当て目を凝らす。

「わ、やばい。結衣、めちゃくちゃ恰好いい人じゃない」

隣に座っている美佳が興奮気味に私の腕を小突きながら耳元で囁いた。

「う、うん、そうなの？」

美佳は視力がよく裸眼でも2．0はある。ここから数十メートル離れた新CEOの顔もバッチリ見えているようだ。私はと言うと、日常生活には支障はない視力だけれど、いくらなんでもこの席からは彼の容姿をはっきり見ることができず、うっすらぼやけている。

あぁ、こんなことなら眼鏡持ってくればよかった。

残念！　はぁ、もしかして前のほうに女性社員たちがやたら多く座ってるのって、こういうことだったの？

うちの部署の新CEOがイケメンである噂はすでに耳聡い女性社員たちの間で広まっていたようだ。

藤堂CEOの挨拶が始まり、私は何度も目を擦ったり凝らしたりして見たけれど姿はぼんやりとしか見えず、聞こえてくるのは、なんとなく聞き覚えのある声だけ。でも、どうしてそれが覚えのある声だと思うのか不思議だった。

先日うちの部長と一緒に会議室から出てきた人が藤堂CEOだったのかな……。

低いけれど、凛として通る声。それが幾度となく私の記憶に揺さぶりをかける。

やっぱり、初めて聞いた声じゃない気がする。

悶々としている間に藤堂CEOからの挨拶が終わり、彼は檀上を後にした。

「え？　藤堂CEOの顔がわからなかったって？」

懇親会へ移行し、食事の用意されたホールではすでにたくさんの社員たちが飲み物を片手に立食式のビュッフェを楽しんでいた。

「そうなの、なんとなーくは見えたんだけどね、顔まではよくわからなかった」

美佳が手のひらを額に押し当て天を仰ぐ。

「あぁ、もったいない！　もうね、芸能人じゃないかってくらいスタイルもよかったし、背も高くてね――」

美佳の熱弁を聞いている私のすぐ隣でも女子社員たちが「藤堂ＣＥＯだって。イケメンだったし！」「いいなぁ、私も消費財本部に異動したい」なんて談笑している声が聞こえてくる。美佳を始めとして、女性社員の話題は新任のＣＥＯの話で持ちきりだ。直接この目で見られなかったことがますます残念に思えてならない。

「美佳、私食べ物取ってくる」

「はーい」

自分だけ藤堂ＣＥＯの顔を知らないみたいな気分だ。不貞腐れた気持ちを抑えつつ、私は料理が並べられたテーブルへ行くことにした。

んー！　いい匂い。

料理は和洋中取り揃えてあり、食べ応えのある肉料理やパスタ、お寿司まである。会社も社員たちを労うつもりで料理は質素にならないように力を入れているようだ。

一応、この懇親会はフォーマルなイベントになっていて、参加社員は皆ピシッとスーツを着こなしている。パーティーのような華やかさはないけれど、色とりどりの料理を目の前にしたら、懇親会ということを忘れてしまいそうになる。

このラザニアすごく美味しそう！　あ、これも、これも食べたいな。

匂いにそそられ気づけばお皿の上がてんこ盛りだ。少し取りすぎたかな、なんて思っていたそのとき。

「すごい食い気だな」

「え？」

誰かが私の隣に立つ気配を感じ、声をかけられたのかと思って顔をふと上げる。

「元気だったか？」

気を抜いたらうっかり手にしているお皿を落としてしまうところだった。なぜなら、私の前に立っていたのは、見紛うことなき沖縄旅行で出会った〝あの彼〟だったから。

息を呑んで言葉を失い、金魚みたいに口をパクパクさせている私を、彼は目を細めて楽しげに笑っていた。

ひと目で高価なものとわかるようなダークグレーのスーツは上質そのもので、手足の長い体軀によく似合っていた。品のある落ち着いたブルーのネクタイはヨレもなく、ピカピカに磨かれた黒い革靴には埃ひとつついていなかった。パッと見た瞬間スタイルのよさに目を奪われたのは、腰の位置が高く上背があるからだろう。

目の前にいる人物がいまだに信じられなくて、きっと人違いだと思おうとしたけれど。

「沖縄から無事に帰れたみたいだな」

そう言われ、〝沖縄旅行で一夜を共にしてしまった疑惑の彼〟である現実を改めて突きつけられた。

「あ、あの、なんでここに？」

「なんで？　俺がこの会社の食品産業統括グループの新CEOだからさ。さっき壇上で挨拶しただろ？」

えっ⁉　新CEOって、この人が……？　う、嘘でしょ。

不思議そうに首を傾げる彼に、近眼でよく顔が見えませんでしたとも言えず、私はただ驚きを隠せなかった。

沖縄旅行で出会った男性の正体が自分の部署の新CEOだったことを知って、ただただ信じられない。もう二度と会うこともないだろうと思っていた人と勤め先の会社で再会するなんて。

引き締まった輪郭に目鼻口が絶妙なバランスで、涼しげな目元は知的な印象を受ける。一度見たら脳裏に焼きついて忘れなさそうな容姿だったから、さっき声をかけられたとき、雰囲気が違ってもすぐに沖縄で出会った彼だとわかった。前はプライベートだったからか、前髪を下ろしていた気がする。今は軽く後ろに上げて一分の乱れもなくスーツを着こなし、CEOの風格漂う出で立ちをしていた。

そのとき、ふと私の脳裏にとある光景が蘇る。

『昨夜は可愛かった。さっきだってキスしたら、もっと欲しそうな顔してたぞ』

『そうやって嫌がる素振りも可愛い。ますます振り向かせたくなるな』

そうだ、私……沖縄旅行でこの人と……。

お酒のせいだったとはいえ、記憶のないところで関係を持ってしまった疑惑がある。絶対にそんなことはない。と言いたいけれど、確証がない。

「どうかしたか？」

よほど神妙な面持ちをしていたのか、声をかけられ無意識に下に向けていた視線をパッと上げる。

「俺になにか聞きたそうな顔をしてるな」

唇の端を押し上げ、見透かしたような瞳の彼に言葉が喉で詰まる。〝あの日の夜、本当にあなたと寝てしまったのか〟そう問いかけようとしたけれど、その答えによっては後悔するかもしれない。

「あの……」

ＣＥＯと一社員の接点なんてそうそうないだろう。あの夜、なにがあったのかここで真実を聞かなければ彼と話すチャンスはもうない。ずっと胸の内でモヤモヤしたままなんて嫌だ。

「藤堂ＣＥＯ、お聞きしたいことがあるんですけど」

かしこまると、彼はひょいっと肩を竦めた。

「藤堂ＣＥＯなんて、そんな堅苦しい呼び方しなくていい」

「そういうわけには……」

「君だけは特別」

その甘さの混じった声音にドキリと胸が跳ねる。

戸惑う私に彼はポケットから名刺入れを取り出し、一枚抜き取って私に手渡した。

――藤堂商事　食品産業統括グループＣＥＯ　藤堂涼介《りょうすけ》
私は特に外部の企業と接触がないため名刺は持っていない。シンプルなデザインに会社のロゴがはいった名刺を受け取ると、記載されている彼の役職とフルネームに何度も視線を動かした。

私みたいな平社員がCEOから名刺をもらうことさえ信じられないのに、〝特別〟と意味深に言われて頰に熱を持ち始める。周囲の話し声が途端に聞こえなくなって、まるでこの空間に私と彼しかいないような不思議な感覚に陥った。

「と、藤堂、さん」

「なんだ?」

たどたどしく名前を呼ぶと嬉しそうに彼が微笑んだ。

「私、あの日の夜……本当に寝てしまったんでしょうか、藤堂さんと」

目を合わせることができなくて、視線が泳いでいるのが自分でもわかる。

あぁ、私こんなところでなに聞いてるんだろ。

気になるとはいえ、誰かに聞こえていたら大変じゃない。

小声でボソリと呟いた声が彼の耳に届いていなくて、もう一度聞き返されたら「やっぱりなんでもありません」と、そう言って立ち去ろうと思っていたけれど。

「気になるのか? じゃあ、懇親会が終わったらふたりだけで会おう」

「え?」

「そのときに本当のことを教える」

藤堂さんは腕を組んで、ニッと笑った。

ちょ、ちょっと待って、ふたりだけで会うって……これってデートに誘われてるの？

いやいや、デートなわけないよね。もしかしたら私、ここでは話せないような失態をしでかしてしまったんじゃ。

だとしたらなおさらなにがあったのか知りたい。もったいぶられているようで歯がゆい気持ちが込み上げる。

「お話し中失礼します。藤堂CEO、そろそろ次の予定の時間です」

スッと藤堂さんの秘書らしき女性がやってきて彼にそう告げる。藤堂さんは「ああ」と短く返事をして、胸ポケットから一枚の名刺を取り出した。

「懇親会が終わったらこの店に来てくれ、約束な」

「……わかりました」

「俺の行きつけの店なんだ。待ってる」

それだけ言うと、藤堂さんは秘書と一緒に人波に消えていった。

藤堂さんが目の前からいなくなると、途端に周囲の喧噪がわっと押し寄せ、現実に引き戻される。

手渡された名刺を見ると、〝Dining《ダイニング》&Bar《バー》 GRAN《グラン》〟と、お洒落なフォントで店名が綴られている。裏面には店の地図が記されていて、高級そうな感じが名刺からでも伝わってきた。

本当にこの店で藤堂さんが待ってるの？　どうしよう、わかりましたなんて返事をしたのはいいけれど、なんだかもう緊張してきた。

戸惑いつつも約束をしてしまった私は、懇親会の後、この店に行くことにした。

「あ、結衣、こんなところにいた！　もう、探したんだから」

美佳が足早に歩み寄ってきて、私はその名刺を慌ててポケットの中へしまった。

「ごめん、ちょっと色々あって」

「なに色々って？」

「秘密」

藤堂さんとふたりでこのあとふたりで会う、なんて美佳に言ったらそれこそ大騒ぎになる。彼と交わした約束に揺れる気持ちと高鳴る胸を、私はそっと手で押さえた。

「お疲れさまです。高村《たかむら》主任」

懇親会が終わったのは十七時を回った頃だった。それから私の直属の上司である高村主任に仕事の話で呼び止められ、一時間ほど話をした。

高村主任は美人でやり手のキャリアウーマン。そして三児の母でもある。新入社員のときから私のことをいつも気にかけてくれて優しくて頼りになる人だ。これから藤堂さんと会うことを考えたら緊張で押しつぶされそうだったけれど、ちょうど話しかけられたおかげで幾分緊張も和らいだ。

すっかり日も落ちて会場を出たらそこは夜の街になっていた。『このあと、飲みに行かない？』という美佳からのお誘いをやんわり断って、私は藤堂さんと約束した店の方向へ歩く。名刺の地図を確認したら、懇親会の会場から徒歩で十分くらいの場所にあるようだ。特に何時に待ち合わせ、と言われていなかったからつい高村主任と話し込んでしまったけれど、もしかしたらもう待ってるかもしれない。

急がなきゃ。

青信号が点滅し出した横断歩道を足早に渡り、その先にあるDining&Bar GRANへと向かった。

「藤堂様のお連れ様でございますね。ご案内いたします」

たどり着いたのは店舗・オフィスなどが集まった二十階建ての複合ビルだった。待ち合わせの店は最上階にあり、高級な感じのする名刺からどんな店かと思っていたけれど、そこは想像以上に雰囲気があって思わず身構えてしまうような場所だった。

店内は間接照明がほどよくしぼられ、会話の邪魔にならない程度のジャズがゆったりと流れている。カウンターでは数人の中年男女がグラスを傾けていて、ガラスのワインセラーがきらびやかに輝いていた。初めて来る異空間に、私はなにもかもが物珍しくてきょろきょろする。

なんか、すごく場違いな気がしてきた……。

ホールを横切り、奥にあるプライベートルームに通される。

「お疲れ、ちゃんと来てくれたな」

スタッフに案内された部屋は八帖くらいで、革張りのL字カウチに藤堂さんがゆったりと寛いでいた。彼の背後には宝石箱のような夜景が窓越しに広がっている。そんな光景に、私は思わず熱いため息が漏れた。

「すみません。お待たせしました」

「いや、俺も今来たところだ。座って」

藤堂さんは自分の隣に座るよう視線を流す。ぎこちない足取りで彼の横にちょこんと座ると藤堂さんは「ようこそ」とスッと目を細めた。

き、緊張する！

普通のラウンジみたいなところだとばかり思っていたのに、こんな上品すぎる雰囲気の店は初めて来た。とりあえずアルコールを口にすれば、少しは肩から力が抜けるだろうと、お勧めのクラフトビールを注文した。

「この店、時間があれば月に三回は通ってるんだ。いい店だろ？」

「そうですね」

いい店もなにも私には高級すぎる。落ち着かなくてお尻を何度もずらして座り直していると、スタッフが先ほど注文した飲み物を持ってきた。

「お待たせしました」

藤堂さんはこの店にボトルをキープしていた。スタッフが氷の入ったロックグラスにそれを注ぐと、グラスが綺麗な琥珀色に染まる。

「ひとまず……そうだな、再会を祝して乾杯だ」

スタッフが部屋を出て行った後、カチンとグラスを合わせて乾杯をする。

三ヵ月前、どうして藤堂さんが沖縄にいたのか、どうして私を特別扱いしようとするのか、聞きたいことが頭の中でひしめき合っているのに会話の糸口が見つからず黙ってしまう。

なにか話さなきゃ。

藤堂さんのロックグラスの氷がカランと音を立てたのを合図に、私はゴクリと息を呑んで口を開いた。

「まさか本当に再会するなんて思ってもみませんでした。あの日の夜、『また会える』と言っていましたけど、ひょっとして藤堂さんは再会するってわかってたんですか？」

「あぁ、君が盛大にバッグをひっくり返したときに社員証を見たからな」

勝手に社員証を見たことを悪びれるわけでもなく、藤堂さんはしれっとグラスを呷る。

そうだった……。

会社名も部署名も自分の氏名もバッチリ見られて、わざとらしくフルネームで名前を呼ばれたのを思い出す。

「それならあのとき、藤堂さんのことも教えてくれれば……」

「それじゃ面白くない」

面白くないって、私からかわれてるのかな？

藤堂さんは言葉を失う私を見て、楽しげに喉をくくっと鳴らした。

「あのとき、俺はまだアメリカの本部にいたんだが、君が宿泊していたホテルの視察のために一時帰国していたんだ。ちなみに藤堂商事は俺の父親の会社でね」

総会で新CEOを紹介されたとき、「藤堂」と聞いて身内では？ と思ったけれど、やはりそうだった。そんな御曹司が今、私の目の前にいるというだけで信じがたい。

藤堂さんは現在三十二歳でアメリカの大学にて経営学を学び、現地の企業で数年勤務した後、MBAを取得したという。MBAとは日本では「経営学修士」と呼ばれ、彼が経営において高度なスキルを持つ人材であることを示していた。社員たちを率いるCEOとしてMBAを持っているというのは、期待を集めるパフォーマンスになるだろう。

「俺はひと目で君のことが気に入った。あのプールサイドのバーで見かけたときからね」

ひとりでゴーヤモヒートを飲んでいたときに視線を感じ周りを見回すと、端整な顔立ちをした男性がビーチチェアに寝そべっていて、一瞬目が合った気がした。うっすらとしか記憶にないけれど、彼にそう言われ、ぼやけた記憶の輪郭がじわじわと鮮明になってくる。

「私、藤堂さんに気に入られるようなことしてないと思うんですけど」

「勇敢にも絡まれてる女性をひとりで助けようとしただろ？ 俺は気の強い女性が好みなんだ。それに君の顔もタイプだ。身体もね」

か、身体!? じゃあ、やっぱり私、藤堂さんと……。

今までちょっと飲みすぎた程度の経験はいくらでもある。けれど、記憶をなくしたり、ましてや人様に迷惑をかけたことなんて一度もなかったのに、酔った勢いで男の人と寝てしまうなんて、しかも自分の部署のCEOとだ。もしもこのことがなにかの弾みで明るみに出たら、きっと私は会社にいられない。

「私、藤堂さんと一夜を共にしたってことですよね？」

「ああ、可愛い寝顔も見させてもらった」

か、可愛い？

はぁぁ、と自分自身に失望し顔を覆って肩を落としていると、藤堂さんが目元に手をあてがってクスクスと笑い出した。

「なかなかからかい甲斐があるな」

パッと項垂れた顔を跳ね上げたら彼が口元を曲げて私をじっと見た。

「一夜を共にした……というのはあながち間違いじゃないが、なんせ君はあの夜結構酔っぱらっていたからな、俺のベッドで朝まで爆睡していた。プールに落ちてずぶ濡れだったし、ホテルの女性スタッフに頼んで着替えさせてもらった」

「え？」

……それだけ？

ぽかんと口を開けたまま、聞かされた予期せぬ真相に呆然となる。その話が本当かどうかもわからないのに、信じていいのか迷う。

「それと君が着替えをしている間、俺は部屋の外にいた。安心しろ、なにも見てない」

「そうだったんですね、よかった」

「プールの水で透けた君の身体のラインは最高に色っぽかったけど」

「なっ……」

ホッと胸を撫で下ろしたのも束の間、彼の言葉に顔どころか耳までボッと火がついたようになる。

なにも見てないって言ったじゃない。でも、自分が悪いんだし、あぁ、恥ずかしい。

「そういうわけで俺たちに身体の繋がりはない。今のところはね。なんなら……」

藤堂さんが左腕を回し、私の肩を抱く。そして、不意に唇を私の耳朶に寄せるとそっと囁いた。

「今から試してみてもいい」

キスができるほどの距離感と耳朶をくすぐる彼の吐息にビクッと身体が跳ねる。

赤面しながら奥歯を噛んで「やめてください」と突っぱねるのが精一杯だった。ドクドクと波打つ鼓動がうるさい。

どうして私、こんなにドキドキしてるの？

「冗談だ」と言って笑う藤堂さんには不思議な魅力があった。

非の打ちどころがない容姿、エリート御曹司という肩書きがなかったとしても、見るからにモテそうな雰囲気が漂っている。恋人はいるのか、もしかしたらもう既婚者かもしれない。彼を見ていると無意識にそんなことを考えてしまう。近づくものすべてを虜にする。そんな魅力だ。

室内は暖房が入っていて、温かく心地いいはずなのに指先だけが冷たい。藤堂さんのペースに巻き込まれないよう、気を取り直して私はビールを一気に呷った。

「私のことを気に入ったって言うのも冗談ですか？」

「いや、それは本当。気に入った相手が同じ職場の社員だと知って、再会したら全力で口説くつもりだった」

な、なんなんだろう、このぐいぐいくる感じ……。

藤堂さんは照れるわけでもなく、余裕な口ぶりで「口説くつもりだった」と言った。ここまでストレートに言われると、うっかり気持ちが揺れそうになる。

「だからまたこうして〝デート〟してくれるか？」

「え……」

「口説くためには俺自身のことも知ってもらう必要があるだろ？　君は俺のことをまだなにも知らない。だからそんな不安げな顔をしているんだ」

不安げな顔？　私が？　なにに対して？

藤堂さんが私の顔を覗き込み、そっと頰に触れた。彼の瞳に映る私はまるで催眠術にでもかかったかのように惚けていた。

「可愛いな」

頰に触れた藤堂さんの指先がゆっくりと輪郭をなぞり、親指と人差し指で顎を捉えると上を向かせて私の唇を奪った。

「ん……」

抵抗する力もなくされるがままだった。うっすらと目を開けると、視界が彼の長い睫毛でいっぱいになる。

温かい。心地いい。だけど藤堂さんは女性に手慣れた危険な男かもしれない。それなのに彼のことをもう少し知りたいなんて思うのはなぜだろう。

私は彼の甘い毒牙に侵されてしまったのだろうか。キスから伝わる温もりに、私はしばし酔いしれた。

――お父さん！　お母さん！　お願い、目を覚まして！

――死んじゃ嫌！　どうして、どうしてこんなことに……。

ビクッと身体を震わせ、勢いよく見開いた目に自分の部屋の天井が飛び込んでくる。

夢、か……。

カーテンの隙間から柔らかな朝日が射し込んで、窓から覗く空は青々としていた。

うっすら額に汗をかき、身体を起こすと徐々に熱が奪われてぶるりとする。

はぁ、嫌な夢を見たな。

今日は十二月二十五日。クリスマス。

五年前、両親を失った日でもある。

街中イルミネーションできらびやかに飾られ、恋人たちが肩を寄せ合って楽しいひとときを過ごす日だけど、私はこの日が大嫌いだった。なぜなら両親を失ったあの悲しみが再び思い起こされるから。

藤堂さんとふたりでバーで飲み、口説かれてキスされたのは一週間前のこと。連絡先を交換したけれど、あのときの私はとにかく緊張の連続だった。一週間経っても昨日のことのように思える。

藤堂さんは会話の引き出しの多い人でアメリカに住んでいたときの話や、学生の頃の話などをしてくれた。楽しげに語る藤堂さんを見ていたら、私も自然と気持ちが和んだ。危険な香りのする人だけど、同時に柔らかで温かな感じがして、キスをされたとき……拒めなかった。

連絡先を交換したのも社交辞令で、結局なんの音沙汰もなくそれっきりだとばかり思っていたけれど、意外にも藤堂さんはこまめにメールや電話をくれた。

【おはよう。今日は日帰り出張で、夜には社に戻る予定だ】

枕元のスマホを手に取り、見ると藤堂さんからメールが入っていることに気づく。たったそれだけの一文が、夢見の悪かった私の胸にポッと光を灯した。

【おはようございます。気をつけて行って来てくださいね】

送信したあと、自然と笑みがこぼれた。これじゃ、まるで恋人同士みたいだ。私と藤堂さんはそんな関係じゃないのに。唇に触れると、柔らかくて温かなキスの感触が蘇る。

あぁ、もう朝からなに考えてるんだろ。わっ！　いけない、もうこんな時間。

スマホに映し出された時刻を見て私はベッドから飛び降り、バスルームへと急いだ。

今日はクリスマスに加えて給料日ということもあってか、十八時くらいになるとオフィスの社員たちがまばらになってきた。「お疲れさまです」「お先に失礼します」と挨拶を交わす声がぽつぽつと聞こえ始める。

消費財本部は平均年齢三十代前後と比較的若い層の部署で、三十人の社員たちが横並びにそれぞれのパソコンに向かって仕事をしている。隣同士の間隔も広いし、雑然としていなくて、常に掃除の行き届いたオフィス環境は職場として快適だった。

しばらく仕事をして、そろそろ帰ろうかと思っていたそのとき。

「広瀬さん、お願いがあるの、ちょっとこの書類代わりにできる?」

目の前でパン！　と両手を合わせて頭を下げながら、声をかけてきたのはひとつ上の先輩だった。綺麗に化粧をしてクルクルに髪を巻いて、「これから遊びに行くの」と言わんばかりだ。

「ええ、いいですよ」

こんなふうに今日、仕事を頼んできたのは彼女が初めてじゃない。

「よかった！　あぁ、デートの時間に遅れちゃう。ありがとう、じゃあ、頼むわね」

押し付けるように書類の山を私のデスクにバサッと置いて、先輩は早々に出て行った。

これで五人目ね。

クリスマスになると大抵の先輩たちは、デートやらクリスマスパーティーやらで忙しい。終わらない自分たちの仕事は、最終的に彼氏もいない暇な私のところへ回ってくる。私だってたまには早く帰りたいと思うけれど、仕事を他人任せにするのは嫌いだ。それでも断らなかったのは、仕事をしている間だけは両親のことを思い出さずに済むからだ。

気がつくと二十一時を回っていた。オフィスには私のほかに男性社員がふたりいるだけで、しんと静まり返っていた。

よし！　頑張ってやっちゃおう。

すでに自分の仕事は終わっている。帰ろうと思えば帰ることはできるけれど、頼まれた仕事をこなすため、再びデスクに向かう。そして、まだ温かさの残るカフェオレをひとくち飲んだそのときだった。

「君、まだいたのか」

突然、頭の上から声がして視線を上げるとそこに出張から帰ってきた藤堂さんがいた。

「お、お疲れさまです」

いきなりの登場に驚いてしどろもどろになってしまう。彼はパソコンの画面を覗き込み、デスクに置かれた書類を手にすると眉間に皺を寄せた。

「ここにある書類は全部自分の仕事なのか？」

「えっと……」

先輩の仕事を自分がやっているなんて知ったら怒るだろうか。なんとか言い訳を考える。

「先輩方はプライベートが忙しいみたいなんです。一年に一回しかないクリスマスだし、私が先輩方の仕事をお手伝いすることで楽しい時間が過ごせるなら……それに私、クリスマスっていっても特に予定もないですし」

「そうか」

これじゃデートに誘ってくださいって言ってるようなものじゃない。やだ、誤解されたらどうしよう。

こちらを見下ろす彼の視線からパッと目を逸らす。すると、藤堂さんはデスクの上にある書類を全部まとめ出した。

「最終的に俺のところに回ってくるものだし、俺が今直接確認しよう。まぁ、パッと見た感じ特に問題はなさそうだけどな」

そう言って藤堂さんは素早く書類に目を通し、次々とチェックを入れていく。しばらくして。

「よし、終わったぞ」

「え？」

おそらく一時間はかかるだろうと思っていたそれらを、藤堂さんはたった数分で終わらせてしまった。

「ほら、プライベートが忙しい先輩方のデスクに戻しておけばいい。完璧に確認された書類だ。なんせCEOが目を通したんだからな。誰も君に文句は言わないだろ？」

ぽかんと呆気に取られている私に藤堂さんが目配せする。

「なんだか優等生に宿題を手伝ってもらった気分です。ありがとうございました」

「さっきエントランスで君の部署の女性社員がすれ違いざまに『仕事を後輩に任せたから大丈夫』とかなんとか言ってたのを耳にしたんだ。案の定、その後輩は君だったな」

もしかして、藤堂さん私を心配してオフィスに来てくれたの？

そんな淡い期待が胸を掠める。

「自分の仕事を他人任せにするのは一番嫌いだ」

藤堂さん……。

冗談を言ってきたり、ときどきからかうようなことを言うけれど、真面目でまっすぐな彼の人柄が垣間見えた気がした。

「私もです」

顔を綻ばせると、藤堂さんも笑みを返す。

「俺たち気が合うな。他人を思いやるのは君の優しさなんだろうが、もう少し自分の気持ちを大切にしたほうがいい」

自分の気持ちを大切に。そんなこと初めて言われた。

両親が亡くなってから、姉や親戚に迷惑をかけないように色んなことを我慢してきた。それがいつの間にか癖のようになっていたのを、藤堂さんに言われて気づかされる。〝広瀬結衣〟というひとりの人間を彼が見てくれているようで嬉しくて胸が熱くなった。

「ありがとうございます」

そうお礼を言って微笑むと、藤堂さんがパッと目を逸らしてなにか言いたそうにした。なんとなく、ほんのりと頬が赤いような？

「さ、行くぞ。もう君の仕事は終わっただろ」

「え？　行くってどこにですか？」

「クリスマスデートだ」

きょとんとしている私に、藤堂さんがニッと笑った。

もう、藤堂さんってば、いきなりすぎるよ……。

クリスマスデートだ。なんてオフィスに残ってる社員に聞かれたら、と慌ててオフィスを見渡したけれど、もうすでに私以外の社員はいなかった。

第三章　広がる噂

　お互い夕食もまだということもあり、藤堂さんの車に乗って遅くまで営業しているというイタリアンレストランにやって来た。その店は大通りから細い路地に入った雑居ビルの一階にあり、優雅なイタリア情緒溢れるカンツォーネが店内に流れていた。

　エントランス付近では十人くらいの男女が立ち飲みスペースで楽しげに談笑していて、私たちはカウンター席の奥のテーブル席へ案内される。

「ここはヴェネツィアに多くある〝バーカロ〟をイメージした店なんだ」

「バーカロって、日本でいう大衆居酒屋みたいなところですか？」

「ああ」

　大量の鍋を天井から吊るしてあったり、テーブル代わりの大樽など、本場の空気が感じられる。

「俺は車だからノンアルしか飲めないが、君は好きなものを頼むといい。ワインは好きか？」

「ええ」

「ならちょうどいい。ここはワインの種類が豊富なんだ」

藤堂さんが飲めないのに、自分だけお酒を頼むのも気が引ける。けれど、ここで遠慮するのもかえって気を遣わせてしまうのでは、と私はとりあえずフルーティーな味わいで飲みやすいシャルドネを注文した。

「美味しそうですね」

しばらくすると、ベーコンなどを使った前菜、手長海老のトマトソースリングイネに魚介煮込みのヴェネツィア風など、普段食べないような料理がテーブルに並べられ、思わずごくっと唾を飲み込んだ。

「じゃ、乾杯」

こうして藤堂さんと乾杯するのは二度目だ。また藤堂さんとグラスを交わす日が来るなんて、嬉しいようなこそばゆいような不思議な気分だ。

藤堂さんは御曹司なだけあって、フォークとナイフの使い方やひとつひとつの所作が綺麗だ。育ちの良さがひと目でうかがえる。

「あの、どうして私を連れ出してくれたんですか？」

仕事が捌けたら、そのまま帰宅することもできたのに藤堂さんはわざわざ私を食事に誘ってくれた。それに今日は出張ですでに疲れているはずだ。

「君に仕事を押し付けて先輩たちはよろしく楽しんでるんだろ？　そんなの不公平じゃないか」

「私に同情したってことですか？」

可哀想って思われたのかな……やだな、そういう気の遣われ方。

すると、藤堂さんはすぐに首を振って否定する。

「いや、すまない。誤解させたな。自分の気持ちを大切に、って話したとき、笑ってくれただろ？　もう一度その笑顔が見たかった。単なる俺のわがままだ」

苦笑いして肩をひょいと竦める彼に、私は赤くなる顔を隠せないでいた。

「お腹が空いてるなら遠慮しないでどんどん食べてくれ」

「え、いいんですか？」

「あぁ、君が美味しそうに食べる姿も可愛いからな」

か、可愛いって……。

藤堂さんはいつも気持ちをストレートにぶつけてくる。物事を包み隠さず、感じたままはっきり言うタイプの人だ。こういう性格は好き嫌い分かれそうだけど、曖昧なところがなくて私は好感が持てた。

どんどん食べてもいいと言われ、お言葉に甘えてメニューを広げる。大盛り生ハムとフレッシュサラダ、タコとオリーブのマリネ、サーロインの炙りカルパッチョなどを追加で注文した。

「やっぱり、君はこういう感じの店のほうが好きみたいだな」

オリーブを口に放る私を、藤堂さんが頬杖をつきながらじっと見つめた。

「先日の店ではなんとなく緊張していただろ？　だから、今夜はもう少しフランクな雰囲気のほうがリラックスできるかと思ってさ」

「そんな、この前のバーも素敵なお店でしたよ、ただちょっと高級すぎて気後れしたというか……でも、こういうお店のほうが気が楽です」

「そうか、君の好みを覚えておこう」

藤堂さん、私のために色々考えてこのお店に連れて来てくれたのかな？

なんて都合よく考えてしまう。そんなわけない、ただの偶然。うぬぼれちゃだめと言い聞かせながらも、しゅんと萎える。そんな気持ちのアップダウンを繰り返していたら、藤堂さんが口を開いた。

「このあとまだ時間あるか？　見せたいものがあるんだ」

予期せぬ申し出にパッと顔を上げると、整いすぎて怖いくらいの彼の顔にふわりと笑みが浮かんだ。

「ごちそうさまでした」

お腹いっぱいになったところで店を出て車に乗る。藤堂さんの言う〝見せたいもの〟というのは、少しここから離れているらしい。

「眠たかったら寝てていいぞ」

「大丈夫です。ありがとうございます」

出張から帰ってきてただでさえ疲れているのに、私だけ寝るなんて悪いよ……。

車は都心を抜け、郊外へ向かって走る。時計に目をやると日付が変わるまでもう一時間もなかった。それでも街中はまだクリスマスの賑わいを見せていて、私はそんな様子を窓からぼんやり眺めた。

いつもクリスマスはひとり家で過ごしていた。自然と両親のことを思い出してしまい、泣きはらして夜が明けるのが毎年恒例になっていた。でも、今年は違う。外に連れ出してもらえたことで、鬱々とした気持ちにならずに済んだ。これも全部藤堂さんのおかげだ。彼はぶっきらぼうな中にも優しさがあって素敵な人。沖縄旅行から帰ってきても、なんとなく心のどこかで彼のことを考えていた。隣にいるだけで無性に心臓が高鳴ってしょうがない。

でも、藤堂さんは藤堂商事社長の息子で御曹司。雲の上の人。私とは住む世界の違う、ましてや好きになんてなっちゃだめな人。

頭の中ではわかっているのに、気持ちが勝手に暴走しそうになる。緩んだ唇から小さくため息が漏れたとき。

「ここだ。寒いからちゃんと上着着ていけよ?」

藤堂さんの運転中、特にこれといった会話もせずにあれこれと考えていたらいつの間にか目的地に着いたようだ。

「わぁ、すごい。綺麗なところですね」

たどり着いた場所は都心から少し離れた小高い丘にある公園だった。公園といってもブランコもないしジャングルジムもない。小さな砂場とふたりがけのベンチしかない質素な公園だけど、丘から見渡せる夜景は最高に綺麗だった。

都心部の光の絨毯が遠くで煌めいて、宝石箱をひっくり返したように辺り一面輝いて見える。あまりの美しさに息をするのも忘れ、寒いなんてことも感じないくらい私はその夜景に見入った。

「俺のお気に入りスポットなんだ。誰にも言うなよ?　俺と君だけの秘密の場所だ」

私と藤堂さんの……秘密。

秘密と言うと、なんだかいけないことを共有しているようでドキドキする。

「今日は色々ありがとうございました。イタリアンも美味しかったし、こんな綺麗な夜景も初めて見ました」

横に並ぶ藤堂さんを見上げると、彼は小さく笑って「寒くないか？」と私の肩を抱き寄せた。

「やっぱり、君は俺が今まで出会った女性と全然違うな」

「え？」

それって、どういう意味？　面白みがなくてつまらないってこと？　それとも色気がないってこと？

胸がチクチクと痛む理由もわからないけれど、全然違うと言われて息を詰めた。

「クリスマスなんだからもっと高い店に連れて行って欲しいとも、なにか買ってとも言わない。ブランド品で身を固めているわけでもない。君のような純粋な女性に初めて出会ったんだ」

過去の女性の影がちらついているのか、遠くを見つめる藤堂さんの目はぼんやりとしている。その視線の先には、ライトを点滅させながら飛行機が飛んでいた。

「私にとってクリスマスは……両親が飛行機事故で亡くなった日なんです」

自分の過去の話なんて友達にもしたことがない。なぜか藤堂さんに聞いて欲しくて自然と言葉が出ていた。彼は「え」と小さく声を漏らし、私に向き直る。

「私が大学三年のときでした。私立大学に通ってたのですぐに中退するつもりだったんですけど、そのとき親戚が助けてくれたんです。でも、どうにか自立したくて学生寮で暮らしながらバイトして、だから贅沢とは無縁というか……」

当時のことを思い出すと無意識に声のトーンが沈む。

いやだな、せっかくこんな綺麗な場所に連れて来てもらったのに、なんだか湿っぽくなっちゃった。

あはは、と無理に笑顔を取り繕うけれど、藤堂さんは笑ってなんかいなかった。

「君にそんなつらい過去があったなんてな……」

肩を抱く腕に力がこもる。「もう大丈夫だ」と言われた気がして鼻の奥がツンとする。

「だから、クリスマスにいい思い出なんてないんです。でも……」

今だけ、彼の腕に寄り添っていたい。私はそっと頭を預けるように傾けた。

「こんな綺麗な夜景を見ていたら、うじうじした気持ちも吹っ飛びました。きっと来年のクリスマスからは両親のことじゃなくて、藤堂さんと一緒に見たこの夜景のことを思い出します。そうしたら、クリスマスのことも少しは好きになれそうかなって」

きらびやかな夜景の輪郭がぼやけ、いつの間にか目に涙を浮かべていたと気づく。

「こっち向け」

あぁ、だめ。今動いたら目から涙がこぼれちゃう。

そう思っていたのに藤堂さんの手で頬を包み込まれ、自分で目尻を拭う前に彼の親指が雫をそっと拭う。

「君は心が強いな」

なぞられた部分が熱を持ち、その温もりが徐々に身体全体に染みわたっていくようだった。

綺麗な夜景なんてこの世の中にはたくさん溢れている。けれど、目の前に広がるこの夜景が一番綺麗だと思うのは、きっと藤堂さんと一緒だからだ。そんなふうに思えば思うほど彼への気持ちが募っていく。

「あ……」

不意に身体を藤堂さんのほうへ向けられ、そのまま彼の胸の中へ引き込まれる。一瞬なにが起きたのかわからなくて目を見開いていると、藤堂さんの体温がよりダイレクトに伝わってきた。

「結衣」

彼の声で初めて名前を呼ばれてドキンと心臓が跳ねた。自分の名前がこんなにも心地よく聞こえたことはない。今にも唇と唇が合わさりそうなくらいの距離にいることが恥ずかしくて俯きたくなる。目を逸らしたいのに、彼の瞳はそれを許してくれない。

「両親が亡くなって、それを理由に誰にも迷惑をかけたくないと、今までずっと自分を抑え込んできたんだろ？」

「全部自分で解決しなきゃって思ってきたし、それに甘えられるような人、いませんでしたから……」

「でも今はいる。目の前にな。君が甘えていいのは俺だけだ」

藤堂さんの言葉はまるで魔法みたいだった。

今まで人に甘えてはいけない。全部自分でなんとかしなければ。というスタンスだったのに、その魔法の言葉に頑なな気概もすぐに崩れ落ちそうになってしまう。

「結衣、俺と付き合って欲しい」

「え……」

瞬きも忘れて目を見開くと熱い視線とぶつかる。そして彼はすでに赤くなっているだろう私の頬を、親指で何度も優しく撫でた。

「付き合って欲しいって、私と……ですか？」

「君以外に誰がいるんだ」

ゆったりと優しい笑みを浮かべ、彼は笑う。

藤堂さんにとってはおかしな質問だったかもしれないけれど、私は現状を理解することで精一杯だった。

「そんな、急に言われても……こ、困ります」

彼は社長の息子だし、平凡な私とは到底釣り合わない。しかも部署のＣＥＯで、そんなハイスペックな人と付き合うだなんて、考えられない。そう思っているのに、どんどん胸が高鳴り、高揚感が増していく裏腹な自分がいる。

「困る、と言っても君の表情はＹＥＳと言っているぞ？　俺にはわかる。気の強い女性が好みと前に言ったが、君には芯の強さも備わっている……だから惹かれた」

「藤堂さ……んっ」

有無を言わさず唇を奪われる。言葉も息もすべて呑み込んで〝喰われる〟ような感覚にゾクリとした。ぐっと引き寄せられた身体が藤堂さんと密着し、この心臓の昂りが伝わってしまいそうで怖かった。今まで恋を知らなかった私の心に、藤堂さんがぐいぐい入り込んでくる。この二十五年間、それなりに仲良くなった男性はいても彼氏と呼べるような付き合いをした人はいなかった。

躊躇する間もなく私は彼の魅力に惹きつけられ、〝好き〟という感情を植え付けられた。

「もう一度言うぞ、俺と付き合ってくれ」

「……は、い」

私は荒ぶる波のような勢いに押し流されて、口を開いたらそう答えていた。

「それでいい」

藤堂さんは満足げに微笑んで、再び私の唇を塞いだ——。

慌ただしく年末年始の休みが明け、仕事も始まり、だいぶ正月気分も抜けてきた。

一段と寒さが増してきて、夕方からどんよりとした雲が空を覆い今にも雪が降りそうだった。

藤堂さんとトントン拍子に恋人になってから二週間が過ぎた。

彼は仕事も兼ねて友人が主催するパーティーに参加するため、年末年始はアメリカで過ごしていた。『一緒に行かないか？』と誘われたけれど、きっとセレブなパーティーなのだろう、私がいることで藤堂さんに気を遣わせてしまうかもしれない……。

と気後れして、せっかくの申し出を断ってしまった。それでも毎日のようにテレビ電話を通じて藤堂さんと連絡を取っていたから、寂しい気持ちもさほど感じずに済んだ。

最近、彼は出張の機会が増えた。新しいプロジェクトの立ち上げなどで、いつも以上に忙しく、そんな合間を縫って帰国してきてから一回だけディナーデートをした。

私はいまだに恋人同士になった実感がなく、本当に付き合うことになったんだよね、と最初は疑心暗鬼だったけれど、毎日のように送られてくるメールや電話がそんな不安を掻き消してくれた——。

「ねぇ、結衣ってば、私の話聞いてるの？」

私の向かいに座る姉が上の空の私にムッとした顔を向けていて、ハッと我に返る。

「え？　あ、うん」

藤堂さんに想いを馳せていたら脳内トリップしていたらしい。慌てて姉に笑みを作る。

今日は仕事終わりに姉の麻衣から『話があるの』と呼び出され、新宿《しんじゅく》の居酒屋に来ていた。一ヵ月に一度はふたりでよくこの店に来るから、店のスタッフとも顔見知りだ。

「聞いてるよ。それで、どうしたの？」

「あのね、うちら付き合うことになったの！」

話があるってこのことだったのね……。

どうやら、あの沖縄旅行で知り合ったインストラクターの彼とうまくいったみたいだ。姉は昔から年下趣味で、中には姉の稼ぎに頼ってヒモみたいなひどい人もいたけれど、嬉しそうな彼女の顔を見ていたら幸せなんだなと私まで嬉しくなった。

「よかったね、今度紹介して」

「うん」

照れながらふふっと笑う姉が少し可愛く思える。そのとき、スマホにメールが入っていることに気づいた。

【明日は早めに帰れそうだ。その後、食事にでも行こう】

藤堂さんは昨日からまた出張に出かけている。会えない間、今頃なにしてるかな？とか、次はいつ会えるのかな？　とか考えたりしてしまって、こんなにももどかしい思いを初めて知った。まさに、〝恋してる〟感じだ。

「なになに？　ニヤついちゃって、あ、わかった！　男からでしょ」

「へっ!?」

藤堂さんからのメールを見ながら無意識に頬が緩んでいたらしい。素早く【楽しみにしてますね】と返信するとスマホをバッグにしまった。

「やだ、図星？　もしかして、やっと結衣にも彼氏できた？」

グイッと身体を前のめりにして頬杖をつきながら私の顔を覗き込む。誤魔化してもしょうがないことだし、いずれ話そうかと思っていたから私はコクンと頷いた。

「すごい！　今日イチのビッグニュースじゃない！　ちょっと、どこでどう知り合ったのか教えなさいよ」

姉は〝さぁ、全部白状しなさい〟と言わんばかりに、興味津々な顔でビールを呷った――。

「……へぇ、偶然沖縄で出会った人が結衣の部署のCEOだったなんてね、で、その人が彼氏ってわけ？」

「う、うん」

改めて彼氏と言われるとなんだか気恥ずかしい。それを誤魔化そうと目の前のフライドポテトをチマチマと摘まむ。

「でも、まだ付き合って間もないし、やっぱり想像と違ったからなかったことにしてくれとか言われるかもしれないし」

「その彼のどんなところが好きなの？」

私はまだ藤堂さんと恋人であるという自信がなかった。どんなところが好きかと聞かれても、すぐには答えられない。彼の魅力はたくさんありすぎて、そして言葉で表現しがたいのだ。

「一緒にいると、すごく温かい気持ちになれるところかな」

ちょっぴり強引なところもあるけれど、不思議と嫌な気がしない。それも彼の魅力のひとつなのだろうと思う。

「そっか、でも安心した」

姉は背もたれに背を預け、ニコリと笑った。

「結衣は小さい頃から聞き分けがよかったでしょ？　わがままなんか言わないし、お父さんとお母さんが亡くなってからはなおさら……だから、甘えられる相手ができたんだなって、私も嬉しいよ」

ときどき喧嘩もするけれど、姉は唯一私のことを気にかけてくれる肉親。私も彼女の幸せを心から願っている。姉も私と同じ気持ちでいてくれたと思うと思わず目頭が熱くなった。

「さ、飲もう！　お互いに彼氏ができました記念のお祝いしよ」

「うん」

「あ、それから、彼氏ができたならちゃんとメイクもして可愛い恰好しなさいよ？　あんたいつも地味なんだからさ」

「ふふ、そうだね」

ビールジョッキを片手にニコリとする姉に、私も顔を綻ばせた。


翌日。

朝、藤堂さんから【いつもの待ち合わせ場所で】というメールをもらって、一日中ずっとそわそわしていた。

「お疲れさまでした」

そつなく仕事を終わらせ、同僚に挨拶をしてから足早にオフィスを出る。外は冷たい風が吹いていて、襟元のマフラーをキュッと引き寄せた。

藤堂さんと会社帰りに会うときは、会社の裏手にある大通りのポスト前が待ち合わせ場所になっていて、大抵彼は自分の車を路肩につけて待っていてくれる。

今夜は藤堂さんがお勧めだという割烹料理の店に行く予定になっていた。会いたい想いが募りすぎて自然と早歩きになる。

「あ、藤堂さん、すみません、お待たせしました。あの、出張帰りで疲れてませんか？」

少し早めにオフィスを出たというのに、彼はすでにポスト前で待っていた。

「お疲れ、いや全然。今日は出張先から直帰するつもりだったんだ。それに、君と会うというのに疲れた顔なんかしてられないだろ」

濃紺のスーツにマッチしたベージュのロングステンカラーコートは、背の高い藤堂さんによく似合っていた。特に柄もなくシンプルな装いでも、清潔感があって大人の男性の雰囲気が漂っている。街ゆく女性がチラチラと彼を見ているけれど、藤堂さんが見ているのは私だけだと思うとこそばゆい。

「ん？　今日は少し雰囲気が違うな」

「そ、そうですか？」

実は藤堂さんと会う前、会社の化粧室でメイクや髪を整えてきた。

『彼氏ができたならちゃんとメイクもして可愛い恰好しなさいよ？』

昨夜、姉に言われたことを意識してアイシャドウの色を変えてみたり、明るめのリップを塗ってみたりした。髪の毛も仕事中は後ろに束ねているだけでなんの飾り気もなかったのに、今日は念入りにブラシで梳いて下ろしてきた。

会社に行くだけのメイクだったら軽く済ませちゃうけど……私、浮かれてるよね。

「大人っぽくて可愛いな、それにこうしてみると君の髪の毛は綺麗だ」

サラッと指で掬われて、照れて赤くなった顔が露わになる。

「寒いだろ、そこに車を停めてあるんだ。早く乗って」

「はい」

藤堂さんの車は乗り心地の良さそうな白い高級車で、夜の街の照明に照らされ一際目立っていた。

運転席に座る藤堂さんに続いて助手席のドアを開けようと手をかけたそのとき。

「あれ、広瀬さん？」

不意に背後から声をかけられ振り向くと、同じ部署で同期の今井《いまい》君が立っていた。

今井君は部署の中でも私と同じようにあまり目立たない存在で、サラサラの黒髪を真ん中から分け、眼鏡をかけたインテリ男子。一見神経質そうに見えるけれど話してみると楽しい人だ。それに彼は私と同じチームでもある。

「今帰り？」

「え、ええ」

まずい！　藤堂さんといるところ見られちゃったかな。

藤堂さんはすでに運転席に乗って、スマホをいじりながら私が車に乗るのを待っている。

「あの、広瀬さん、もしよかったらこのあと時間ある？　仕事の話も交えて食事にでも行かない？」

今井君は恥ずかしそうに人差し指で眼鏡を何度も押し上げて、小さく咳払いする。

彼から食事に誘われて驚いた。誰かを食事に誘うようなタイプじゃないし、いつも仕事熱心で、女性にもあまり興味がなさそうに見えたから意外だった。

「えっと、それが……」

まさか、CEOと一緒にこれからデートだなんて言えるはずもない。気まずくて目を泳がせていると、背後で車のドアが開く音がした。

「結衣？　どうかしたのか？」

タイミングの悪いことに、今井君が立ち去る前に藤堂さんが車から出てきてしまった。

当然、先日総会で全社員の前で挨拶をしたのだから、今井君が彼のことを知らないわけがない。今井君は車から降りて振り向く藤堂さんを見て目を見開いた。

「え……どうして藤堂CEOがここに？　広瀬さん、今、CEOの車に乗ろうとしてたの？」

丸くなった目を何度も瞬かせ、視線が私と藤堂さんの間を行ったり来たりしている。

「あの、うちの部署の今井君です。私と同じ商品企画のチームなんです」

とにかく、この気まずい雰囲気をなんとかしなければ。

強ばった笑顔で紹介すると、藤堂さんは今井君に笑顔で挨拶をした。

「君の活躍ぶりは高村主任から聞いているよ」

今井君は部署の中でも仕事ができる頼れる存在だ。その頑張りがCEOの耳にまで届いていると知ってか、今井君はほんのり照れくさそうに顔を赤らめた。

「じ、じゃあね。お疲れさま」

「あっ、広瀬さん！」

今井君にあれやこれやと聞かれる前に、不意を突いて車に乗り込んだ。続いて藤堂さんも運転席に乗りエンジンをかけた。

「彼、いいのか？　食事にでも誘われてたんだろ？」

「えっ、どうして知ってるんですか？」

今井君から食事に行こうと言われたのは、藤堂さんが車から出てくる前だ。なぜわかったのかと目を丸くすると、彼はやっぱりか、というように小さくため息をついた。

藤堂さんがアクセルを踏み、車がゆっくりと滑り出す。振り向くと、もうそこに今井君の姿はなかった。

「男の勘かな。けど、悪いがこれから君と食事に行くのは俺だ。あいつじゃない」

藤堂さんをチラリと盗み見ると、横顔からでもムッとしたような表情をしているのがわかる。

もしかして……ヤキモチかな？

勝手にドキドキして馬鹿みたいだ。都合のいい解釈かもしれないけれど、普段は大人で紳士な藤堂さんがそんなふうに嫉妬していると思うと、妙に嬉しくなって頬が緩む。

藤堂さんの趣味なのか、車内には小さい音量で洋楽のバラードが流れていた。その心地よさに高鳴る胸も落ち着きを取り戻していった。

「私と藤堂さんがどういう関係なのか、きっと疑っていると思います」

「なんだ、噂になるのが怖いのか？」

ハンドルを握るその横顔をチラリとうかがうと、藤堂さんは唇の端をクイッと上げて余裕の笑みを浮かべていた。

「怖いというか、だって……藤堂さんに迷惑がかかるじゃないですか、私みたいな平凡なOLが、どうしてCEOとって」

すでに女性社員の間で藤堂さんは芸能人のような存在だ。付き合っていることがバレたら想像するだけでも恐ろしい。

「俺は別に気にしない。しかし、万が一、俺とこういう関係だということで君になにかあったら必ず言ってくれ」

「はい。わかりました」

一抹の不安はあるけれど、頼もしい藤堂さんの言葉に私はこくんと頷き微笑んだ。


なんか、見られてる気がする……。

藤堂さんと割烹料理デートを堪能してから一ヵ月後。

私のアパートの前まで送ってもらい、別れ際、お互い名残惜しい気持ちを交えるように、車の中で熱いキスを何度も交わしたのが昨日のように思える。今でもその余韻に浸って気が緩むと顔がにやけてしまう。藤堂さんと過ごした時間を想いながら出社すると、なんとなく女性社員がこそこそ話しながら私を見ているような気がした。初めは気のせいかと思いきや、日を追うごとに見られている感覚が強くなっていった。

そんなある日の昼休み。

私は会社の休憩室で美佳と一緒に昼食を摂っていた。天気のいい日はいつも会社の中庭のベンチに座って食事をするけれど、今日はあいにくの曇りだった。しかも二月の寒空の下ではさすがに凍える。

休憩室では数人の社員たちがそれぞれお弁当を広げて昼食を楽しんでいた。

「今夜、雨が降るって天気予報で言ってたけど大丈夫かな」

「うん、平気じゃない？」

「置き傘ある？」

「うん……」

そぼろ、卵、ほうれん草の三食弁当をつつきながらいつものように他愛のない会話をする。けれど、なんとなく美佳の様子がおかしい。いつもなら、「結衣のお弁当も美味しそう！　おかず交換しない？」なんて明るく言ってくるのに、いまいち元気がないような……。

「美佳？　どうかしたの？」

彼女とのお喋りは言葉が飛び交ってあまり沈黙がないはずなのに、今日に限って会話がぷつぷつ途絶える。もしかして具合でも悪いのでは、と心配して私は声をかけた。するると。

「結衣、あのさ……」

珍しく神妙な面持ちで美佳が箸を止める。なにか言いたげな表情で、チラッと周りに視線をやると、私に向き直ってこそっと囁いた。

「噂になってるよ」

「え？」

「やっぱり、本当なの？　藤堂ＣＥＯと付き合ってるって話。ちゃんと結衣の口から聞こうと思ってさ」

そう言われて頭の中が真っ白になった。お茶を飲もうとペットボトルに伸ばした手がビクッと跳ねる。

噂になってる？　私と藤堂さんのことが？　どうして……誰にも言ってないのに。思い当たることといえば先日、藤堂さんと一緒にいるところを今井君に見られたくらいだ。

まさか……ね。

言葉を失い動揺する私を見て美佳がはぁとため息をついた。

「その様子じゃ、本当みたいね……もう、どうして教えてくれなかったの？　水臭い」

いくら仲がよくても言えないこともある。けれど、美佳は同僚でもあり唯一の友人でもある。隠していても知られてしまったのなら、正直に話したほうがいい。

「うん、ごめんね。実は……そうなんだ。付き合い始めたのはほんと先日のことなんだけど……」

私は周りの目を気にしながら、藤堂さんと付き合うことになった経緯を美佳に説明した――。

「そっか、そうだったんだね。CEOと付き合うことになったなんて、いくら友達でもやっぱり言いにくいよね……でも、結衣がちゃんと話してくれてよかった。ありがとう」

部署のCEOと付き合うだなんて、と呆れられると思いきや、美佳の明るい反応は意外だった。ニコリと笑顔で返されると、じんと胸が熱くなる。私も美佳がそう言ってくれてホッとした。

「でもさ、気をつけなよ？　ほかの女性社員たちが噂を聞きつけて、狂ったように嫉妬してるみたいだからさ」

食べ終えたお弁当のゴミを袋にまとめながらそんな忠告を受け、私はふと思い当たる節が頭に過り、そして納得がいった。

ここ最近、私を見てなんかひそひそ言われてるような気がしたのは、そういうことだったのね。

皆が憧れているCEOが、社内の平凡なOLと交際しているなんて、客観的に見れば周りが色めき立つのは必然だ。考え過ぎかもしれないけれど、今後、妙な嫌がらせを受ける可能性だってある。

「あ、あのね、どのくらい噂が広まってるかわからないけど、仕事もやりづらくなるし、藤堂さんにも迷惑がかかるから、このことは秘密にしてて欲しいの」

それに、噂のせいで藤堂さんとの関係にひびが入ったらと思うと悲しくなる。

「それはもちろんよ。秘書課の子が化粧室でその噂のこと話してたのを偶然聞いちゃって、それが年明けてすぐの話だから……もしかしたら、結構もう噂が広まっちゃってるかもしれなけど」

年明けてすぐ？　どういうこと？

「でも、大丈夫！　結衣には私がついてるからね、変な嫌がらせされたら言ってよ？」

「う、うん。ありがとう」

「そろそろオフィス戻ろう、休み時間終わっちゃう」

美佳がいつものように笑顔を向けて、私もそれに微笑むけれど、最後に美佳の口から出た〝年明け〟という言葉が私の胸に染みを落とした。

第四章　予期せぬ告白

今日は金曜日。

「明日は一日オフだから」と言われ、今夜は彼の住むマンションへとやって来た。

藤堂さんはたまに週末でも仕事が入る。けれど、今夜はふたりでゆっくり過ごせるかと思うと胸が躍った。だから藤堂さんとの食事の最中、ずっと彼のマンションへ招かれた緊張でそわそわと落ち着かなかった。

彼の住む分譲マンションは、六本木のいわゆる億ションが立ち並ぶエリアにあり、藤堂さんがアメリカにいる間は管理会社に任せていたらしい。

広々とした吹き抜けのエントランスや数メートルにも及ぶ室内の天井高、ディテールまで施された装飾など、目を見張るような佇まいのマンションだった。

すごい……こういうマンション、初めて来た。

住人は主に芸能人やセレブな経営者が多いようで、二十四時間体制の厳重なセキュリティが施されており、住人同士がすれ違わないために複数の入口があった。また、フィットネスジムや多目的ルームも完備されていて、高級マンションならではのクラス感が漂っていた。

「本当はもっと早く部屋に連れて来たかったんだが、いきなり俺の家っていうのも嫌だろうと思って」

付き合っているとはいえ、ちゃんと段階を踏んで私のことを考えてくれている藤堂さんは本当に紳士だ。

藤堂さんの部屋は最上階にあり、カードキーをスライドさせ開錠すると一気に胸が高鳴った。

「さ、入って」

「おじゃまします」

藤堂さんが短期で帰国したとき以外は管理会社のハウスキーパーが掃除をしてくれているようで、埃ひとつ落ちていない。フローリングや窓もピカピカに磨かれていた。

玄関ホールから大理石素材の廊下を進むとすぐにリビングダイニングに出た。そして大きな二面窓の向こうには、星のようにネオンが輝く街の夜景が眼下に広がっていた。

「すごい、綺麗ですね」

これって、限られた人たちだけが楽しめる贅沢だよね……。

私はまるで宝石箱のような夜景を、ほぅと感嘆のため息を漏らしながら眺めた。

部屋の間取りは3LDK。中央にガラスの天板がついたローテーブルに大きな黒い革張りのカウチがあり、触り心地の良さそうなグレーのシャギーラグが敷いてある。全体的に白と黒を基調とした落ち着いた空間だったけど、あまり生活感がなく高級ホテルの一室のような印象を受けた。

「あ、可愛いワンちゃんですね」

チェストの上に飾られている舌をペロッと出したトイプードルの写真に目がいく。

「カルーアっていうんだ。ずっと実家で飼っていて数年前に亡くなったが、俺の相棒だ」

綺麗にトリミングされ、愛嬌のある可愛らしいその表情を見ると、たくさんの愛情を注がれていたのだとわかる。

「実は私も小学生の頃、父が保護施設から柴犬を引き取って来てずっと一緒にいましたよ。今はもう両親の所にいますが……」

まだ両親も元気だった頃、よく家族で散歩に行った。そんな思い出が蘇ると、少しセンチメンタルな気持ちになった。

「そうか、じゃあお互い犬好きってことだな」

「ふふ、そうですね」

またひとつ、藤堂さんと共通の好きなものが増えた。恋人として一歩ずつ近づけたようで嬉しい。

「まだ二十一時だし、飲み直すか」

「あ、いいですね。賛成」

今日は藤堂さんの運転で移動だったため、彼は一切アルコールが飲めなかった。先ほど食事に行ったときも『俺に構わず飲んでくれ』と言われたけど、やっぱり一緒に飲んだほうが楽しい。

カウチに座るように促され、しばらくして藤堂さんはワインボトルとグラスを手に私の隣に腰を下ろした。

「先日、友人からもらったんだが、なかなか開ける機会がなくて。君と一緒に飲めて嬉しいよ」

トクトクといい音を立てながら注がれ、グラスがワインレッドに染まる。乾杯をしてひとくち飲むと熟成を経て深みを増した味わいが広がった。

「口当たりがまろやかで美味しいですね」

「それはよかった」

藤堂さんのマンションで一緒にワインを飲めるなんて……。

そんな幸福感の中、ふと〝藤堂さんとの噂〟のことが頭に過った。

藤堂さんの耳にも届いてるのかな？

私の知らない女子社員にまでこそこそ言われて、もしかしたらすでに会社中に知れ渡ってるかもしれない。私はグラスをテーブルに置き、一点を見つめた。

「結衣？」

先ほどまでの笑顔に陰りが射したのを見て、藤堂さんが心配そうにこちらを覗き込む。

「……あの、最近ひとつ気になることがあって」

「どうした？」

きっと彼はどんなことでも受け入れて話を聞いてくれる。それに噂について藤堂さんがどう思うか知りたい。私はごくっと小さく息を呑んで口を開いた。

「私と藤堂さんが付き合ってるって、会社で噂になってるみたいなんです」

「あぁ、そのようだな」

「え？」

てっきり顔色を変えるかと思いきや、藤堂さんの反応はあっさりしたもので意外だった。

「藤堂さん、知ってたんですか？」

どうしよう、藤堂さんにまで噂が広まってたなんて。

焦りを臆せず身体ごと彼に向き直ると、藤堂さんがワインを呷り唇の端を上げた。

「先日、俺の秘書から君と付き合っている噂は本当なのか、と尋ねられた」

秘書って、総会のときに藤堂さんと一緒にいた女性秘書のことだよね？

「そ、それで、なんて答えたんですか？」

「本当だと言ったが？」

え、なんで？　そんなのデタラメだとか誤魔化さなかったの？

藤堂さんからの返事に目を丸くして驚く秘書の顔が目に浮かぶ。

「別に俺は社内にも家族にも君と恋人だと公言してもいいと思っている。嘘をついたってしょうがないだろ？　本当のことなんだから」

まったく動揺もしていない口調で言われ、私は戸惑う。藤堂さんから滲み出る余裕は「そんな噂に動じない」という絶対的な自信の表れだった。私との関係を包み隠さず、まっすぐに生きる彼の信念が私の胸を打つ。

「俺は結衣が好きだ」

〝好きだ〟その言葉がじんわりと胸に染みこんでいく。彼の透き通るような瞳を見ていたら、自分の中の迷いや戸惑いが次第に薄れていった。

やっぱりこの人のことが好き。

この気持ちは、いくら噂されようとも変わることはない。藤堂さんといると不思議と強くなれる。不安で足元がぐらつきそうになってもしっかり立たせてくれて、そしてあっという間に心が温かくなる。それはきっと藤堂さんにしかできない。

「私、どんなに噂されても……私も藤堂さんのことが好きです」

藤堂さんどころか男性に好きと言ったのは初めてだったけど、恥ずかしいとか、そんなふうに思うことなく自然と素直な言葉が出ていた。

お互いの気持ちを確かめて、視線が甘く絡み出す。そして抱きしめ合って熱いキスを交わした。

「あ、ん……」

唇の隙間から漏れる吐息も掬い取られ、口づけが徐々に熱を帯びてくる。

「藤堂さん」

なんの言葉を紡ぐわけでもなく無意味に彼の名を呼ぶと、唇を舌でなぞられてゾクリと背中がしなった。

「口を開けろ」

ひくつく喉が自然と開いて、おずおずと藤堂さんの舌を受け入れる。

口の中が一気に熱くなって目を見開くけれど、徐々にそれは気持ちよさとなって身体の芯を疼かせた。

この流れでいけば、私は藤堂さんと一線を越える……。

私は男性と寝た経験がない。処女だった。うまくできるかわからないし、期待を裏切るようなことにでもなったらと思うと怖い。藤堂さんは私を芯の強い女性だと言ってくれたけど、こういうことになるとどうしたらいいかわからなくて怖気づいてしまう。

「どうした？ 震えてるな」

無意識に冷たくなった指先が震えていて、藤堂さんがギュッと握り込む。

「あ、あの……私」

「怖いか？」

藤堂さんに見透かされてつい黙ってしまう。すると、俯く私の頬をそっと手で包み、彼がやんわりと微笑んだ。

「すまない、本当は君を今すぐ抱きたくてしょうがないが……無理強いはしない」

「藤堂さん……」

「ゆっくり君のすべてを見せてくれたら、それでいい」

私も藤堂さんにすべてを見せたい。愛してもらいたい。だけど、経験のなさが私を臆病にさせる。だから彼の紳士的な気遣いが嬉しかった。

「私、この二十五年間、男性に好きなんて言ったこともなくて……初めてなんです。なにもかも、だからすごく緊張してしまって……」

告白はおろか、恋をすることすら初めてだなんて藤堂さんは知る由もない。すると、わずかに彼の眉根に皺が寄る。

「ということは、君は相手からの告白を受けるばかりだったということか？ 妬けるな」

「え、あの、そうじゃなくて！」

あぁ、もうなんて言ったらいいんだろう。

変に誤解されてしまった。どうしよう。と、あたふたする私を見て藤堂さんが「冗談だよ」とクスリと笑った。

私との関係が周囲に知られることになっても、彼は堂々としていて心強かった。だけど、藤堂さんに迷惑をかけることだけは避けたい。

「藤堂さん、お願いがあるんです」

「なんだ、急に改まって」

私の言いたいことを促すように、藤堂さんが微笑みかける。

「私たちのこと、まだ誰にも言わないで欲しいんです。お互いに仕事がやりづらくなりますし……」

彼はいつもの落ち着いた表情でしばし黙り込んで、「そうだな」と短い返事をした。

「秘書にはもう話してしまったが……彼女は口が堅い。君がそう言うならわかった。安心しろ」

藤堂さんは穏やかな声で告げて私の額に軽くこつんと額を合わせた。そして私は理解してくれたことにホッとする。

「好きだ」

私を抱きしめていた腕を緩めた藤堂さんは少し面映ゆそうな表情で私の顔を覗き込む。私も、と返した言葉は声にならず、藤堂さんの温かな唇の間に沈んで消えてしまった。

「はい、じゃあ解散。お疲れさま」

今日のミーティングは時間がかかり、夕方からずっと会議室でチームの社員と今後の企画方針について話し合った。なんとか話がまとまり、ふと時計を見ると十九時を回っていた。夕食にお弁当が出たから今日はこれで帰るだけだ。

テーブルに広げられた資料を片付けバッグに入れて、席を立ったときだった。

「広瀬さん、あのさ、このあとちょっと時間空いてる？」

そう声をかけてきたのは今井君だった。彼とはこの間、せっかく食事に誘ってくれたのに逃げるような態度を取って以来、ちょっと気まずい。

「うん、平気よ、どうしたの？」

チームの皆が会議室から出て行くのを見計らい、今井君が人差し指で頬をカリカリとする。

「ちょっと話があって……ここじゃなんだから場所を変えようか」

この場で言えないような真面目な話なのかな、と私は会議室を出て行く今井君のあとに続いた。

「今井君？　こんな場所で話ってなに？」

彼に連れられてきたのは資料室だった。スチール書架が両サイドの壁際に四本ずつ並んでいるだけで、さほど広くもなく殺風景なところだ。暖房がついていない部屋に入ると一気に身体が冷えてブルッとした。

資料室には年次報告書や決算情報など会社の業績、財産に繋がる重要な資料が収められている。ある程度の情報はパソコンで調べられるため、いちいちファイリングされた資料を見に来る社員は少ない。ということは人が来ないようなところでしか話せない内容なのだろう。しんと静まり返る空間にふたりきりで、だんだん居心地の悪さが募る。

「この間の食事のこと……だよね、あのときはごめんなさい」

しかし今井君は小さく笑って首を振る。どうやらここへ呼び出されたのはその話ではないらしい。

「じゃあ、仕事の話？　それともさっきのミーティングでなにか言いそびれたことがあった？」

居た堪れなくて明るい口調で言うけれど、今井君の表情に笑顔はなくゆっくり口を開いた。

「広瀬さん、あの噂のことで困ってない？」

それを聞いてうっかり声が出そうになる。今井君の目には私を案じているという気配を感じるけれど、本当のところなにを考えているのかうかがい知れない。

「噂って？　なんのこと？」

墓穴を張らないよう作り笑いで誤魔化してみる。

「悪いことは言わない。藤堂ＣＥＯだけはやめておいたほうがいいよ。女好きでかなり遊んでるって話知らないの？」

藤堂さんが女好き？　遊んでるって？

初めの頃、あまりにも積極的にアピールされて一瞬自分もそんなふうに思ったけれど、彼と付き合い出して信じられる人だと実感した。それを覆すようなことを言われて反論しようと口を開いたとき、前に美佳が言っていた言葉を思い出してハッとなる。

『秘書課の子が化粧室でその噂のこと話してたのを偶然聞いちゃって、それが年明けてすぐの話だから――』

プライベートで藤堂さんと一緒にいるところを今井君に見られたのと、秘書課の女子社員たちが噂をし始めたのは、ほぼ同時期だ。去年はそんな噂は一切なかったことを考えると……。

「藤堂さんとの噂を最初に広めたのは、今井君だったのね」

核心をついてはっきり言うと彼は押し黙った。それは認めたということを意味する。

彼のことを勝手に決めつけられ、思わず声を荒らげてしまいそうになるのをギュッと拳を握りしめて堪えた。

「藤堂さんのことを悪く言わないで、話はそれだけ？　だったらもう帰る」

怒りを込めてどすどす歩き出入り口に向かおうとした途端、グイッと腕を掴まれた。

「待って、肝心な話を聞いてない」

「肝心な話？」

振り向きざまに腕を振りほどこうとしたけれど、強く掴んだ彼の手はびくともしなかった。

「好きなんだ。広瀬さんのこと……ずっと見てた」

……え？

それは喉の奥から絞り出すような声だった。今井君は何度も息を呑みながらぐいぐい押し迫ってきて、私はついに書架に背中を押し付ける形になった。厚手の服の上からでもスチールの冷たい感触が伝わってきそうでビクリとなる。

もうこれ以上後ずさりはできない。

腕を掴んでいるのと反対の手がそろそろと私の頬へ伸びる。指先で触れられると、まるで氷のような冷たさでビクッと肩が跳ねた。

やだ、やめて！

絶体絶命のピンチにグッと唇を噛み締める。

「藤堂CEOと付き合ってると、一番お喋りな秘書課の子に言えばすぐに噂は広まる。それで君が困って別れれば、僕にもチャンスはあると思ったんだ」

今井君の目論見を聞かされて血の気が引いた。

彼は物静かで、口数は少ないほうだし、そんな考え方をするような人じゃないと信じていたけれど、とんだ思い違いだった。ずっと同僚として信頼してたのに裏切られたショックで涙がでそうになる。

「お願い、やめて」

藤堂さん！　藤堂さん！

胸の中で何度も彼の名前を呼ぶ。

じっと見つめる今井君の目はギラギラとして冷静さを失っていた。今はなにを言っても届かない。爪が食い込むほどに腕を握られて傷みが走ったそのとき、バン！　と勢いよくドアが開く。

「おい、その手を放せ！」

私と今井君の間に割って入り、目の前に立つ人物を見て声を失った。

と、藤堂さん!?

「ここでなにをしているんだ？」

私の腕を掴んでいた手を払いのけられ、今井君は驚愕の表情でその相手の顔をしばし目を見開いて見つめていた。

「なにをしているんだと聞いている」

藤堂さんは怒鳴りつけるでもなく、静かな怒りを含んだ声音で今井君を冷たく見据えている。いつも穏やかな彼が見せる怒りの感情に私の背筋が凍りついた。

「藤堂ＣＥＯ……あの、別になにも、ただ広瀬さんと仕事の話をしていただけです」

「へぇ、仕事の話の割にはあまり穏やかではないみたいだったが？」

「そ、それは……」

慌てふためき、全力で弁解しようと躍起になる今井君を見て藤堂さんの眉間に力がこもる。

「彼女の腕が真っ赤になるくらい強い力で掴んでおいて仕事の話？　どんな内容だ？聞こうじゃないか」

「あ、あの、藤堂さん」

「君はいいから」

〝黙っていろ〟と目で諭されて私は口を噤んだ。こんなところで言い争いなんてして欲しくない。そう思っていると、今井君が口を歪めてクスリと笑った。

「藤堂CEO、ずいぶん彼女に必死なんですね」

「なんだって?」

「上に立つ立場の人間が、女子社員に手を出すなんて……CEOなら、もっと節度のある言動をしてください」

今井君は開き直ったかのように淡々としているけれど、ギュッと握りしめたその手は、わずかに震えていた。

「君に私のプライベートのことまでとやかく言われる筋合いはないが……節度ある言動、か」

藤堂さんは冷静に落ち着き払った声音で言うと腕を組んだ。

「ならばCEOとして節度を保つため、君が女子社員を人気のない資料室へ連れ込み、乱暴を働こうとしていた、そう君の上司に報告を入れておこう」

「え?」

上司に報告を入れると言われて今井君はサッと顔色を変え、うろうろと目を泳がせた。藤堂さんの言う上司とは消費財本部の遠野部長のことで、今井君の仕事の功績や業務態度をひと際よく買っている。近々チームリーダーに推薦される話も出ている矢先に、こんな不祥事を耳にしたらきっと仕事どころかなにもかもおしまいだ。

「嫌ならすぐここから出て行くんだ。それから金輪際、彼女に近づかないとここで誓え」

今井君はなにも言い返せず、奥歯をギリッと鳴らし「わ、わかりました」と小さく呟いた。そして藤堂さんに顎先で出て行くよう指図されると俯きながら資料室を後にした。

「あ、あの……藤堂さん、助けていただいて——きゃっ」

お礼を言おうとした途端、藤堂さんが勢いよく私に向き直ると、力いっぱい抱きしめられた。私の後頭部に大きな手を回し、肩口で深くため息づく。

「大丈夫か？　無事でよかった。けど、この腕……くそ、痛かっただろ？」

今井君に掴まれた部分がいまだにじんじんと痛み赤くなっている。藤堂さんがくしゃりと顔を歪め、労わるようにその部分に何度も口づけると、今まで私を取り巻いていた冷たい空気がスッと霧散していった。

ああ、私、藤堂さんに抱きしめられてる。

湿度の高いサウナに押し込まれたように、一瞬で全身の毛穴が開く。そして彼の温かさに包まれて、ようやくホッと安堵することができたのだ。

「藤堂さん、そういえばどうしてここに？」

そっと身体を離して顔を見合わせると、困ったように笑って藤堂さんは事情を口にした。

「君に電話やメールをしてもまったく連絡が取れなくて、ずっと心配してたんだ。たまたま総務に用事があって行ったら妙な時間に資料室の鍵が貸し出されていたのが引っかかってね」

時刻を見ると二十時過ぎ。こんな時間に、しかも滅多に人が出入りしないような資料室の鍵が貸し出されていたら、確かに気になる人もいるだろう。

「しかも鍵を借りたのは今井という先ほどの社員で、一度君と一緒にいるところを見られているし、なんとなく嫌な予感がしたんだ」

藤堂さんの鋭い直感に助けられた。あのまま彼が来なかったら……と思うと怖くなる。

「そうだったんですね、ありがとうございます。私、心の中でずっと藤堂さんって呼んでました。それが届いたみたいですね」

再び藤堂さんにギュッと抱きしめられ、私もその背中に腕を回す。彼の温もりに溺れたくて、誰が来るかもわからないという野暮な心配は頭の片隅にもなかった。

「もう帰らないと……」

いつだって抱き合っているのに身体を離すのは惜しい。本当はもう少しのこのままでいたいけれど、藤堂さんだって疲れているのに付き合わせるわけにはいかない。すると彼は首を振る。

「まだ気持ちが落ち着かないだろ？　温かい飲み物でも飲みに行こう。それに、怖い思いをしたんだ。このままひとりで家に帰すわけにはいかない」

彼に甘えてはだめ。せっかく自分を律してそう思っていたのに、藤堂さんに優しく言われると、ふらふらと気持ちが揺れた。


『会社の近くにお勧めのホットチョコレートが飲めるラウンジがあるんだ』

私は藤堂さんに連れられて会社から数分離れたところにあるラウンジに来ていた。

時刻はすでに二十一時を回っているけれど、店内は数人の若者客で賑わっていた。

「美味しい。身体の芯まで温まりますね」

「それはよかった」

店内は軽く落とされた照明とゆったりと流れるR＆Bが落ち着いた雰囲気を醸し出していた。

「この店、最近見つけたんだが、なんとなく雰囲気がアメリカっぽくて海外赴任していた頃をよく思い出す。ちょっと騒がしいが、嫌いじゃない」

「ええ、いいお店ですね。藤堂さんは色々素敵な場所を知っているので、すごく交友関係が広いんだろうなって」

ホットチョコレートをひとくち飲むと、再びカカオの香ばしい香りが鼻を抜けて、口の中に甘い味が広がる。これだけで幸せな気分になれるから不思議だ。

「交友関係といっても全部仕事絡みだぞ？」

藤堂さんは苦笑いを浮かべて口元を綻ばせた。

それにしても今井君……どうしてあんなことしたんだろう。

先ほど会社であった出来事を思い浮かべると、ホットチョコレートで和んだ表情に影が射す。

同僚として仲良くしていたと思っていたのに、彼は私を特別な目で見ていた。全然そんな雰囲気もなかったから気づかなかった。けれど、本当は悪い人じゃないのもわかっている。

「あの、藤堂さん、今井君のことなんですけど……」

彼の名前を聞き、私の向かいに座る藤堂さんの眉間に皺が寄る。

「本当はそいつの名前も口にするな、と言いたいところだが……なんだ？」

「最近の今井君、すごく仕事の調子がいいんです。頑張り屋で……だから、遠野部長には――」

私が仕事で失敗したとき、今井君は笑ってフォローしてくれたし、悩みも聞いてくれた。それが全部下心があってのことだとしても、彼に絶望を味わって欲しくなかった。

「まったく、君って人は、どこまでお人好しなんだ」

藤堂さんはそう言ってムッとした顔で口をへの字に歪めた。自分勝手な都合でわざと噂を広め、私を貶めようとした。それでも私は今井君を憎むことができなかった。だから、お人好し、と言われても反論できない。

やっぱり藤堂さん怒ってるよね、遠野部長に知られたらきっと今井君は……。

そう思って視線を落としかけたとき、藤堂さんの顔からすとんと力が抜け、不満げな表情にやんわり笑みを滲ませた。

「わかってるよ。俺はなにも言わない」

「藤堂さん……」

「情け深いところも君の優しさでもありいいところでもあるからな。けど、あの男がまた結衣になにかしてきたら、今度は許さない」

パッと顔を明るくさせた私に釘を刺して藤堂さんは凛と言い放つ。私もそれにこくんと頷いた。

『遠野部長に報告する』あのときはそう言っていたけれど、きっとあの場限りの牽制で最初から報告するつもりなんてなかったと思う。藤堂さんこそ情も懐も深くて温かな人だ。

私はそんな藤堂さんに惹かれ、もう抜け出せないくらい彼の魅力に夢中になっていた。

第五章　素肌の繋がり

ようやく仕事を終えたのは十九時を回った頃だった。月曜日はなにかと仕事が溜まっていて、私はもう何度目になるかわからないカフェオレを買うために休憩室の自販機の前に立っていた。

藤堂さん、まだ会議かな……。

今夜は彼の会議が終わり次第連絡が来て、一緒に帰る予定になっていた。まだひそひそと噂話のネタにされているような雰囲気はあるけれど、もういちいち気にしていても仕方ないし、〝大丈夫！　私には藤堂さんがついてるんだから〟と噂に耳を塞ぐことでなんとかやり過ごしている。

カフェオレのボタンを押してＩＣカード社員証をリーダーにかざそうとしたそのとき、素早く別の社員証がかざされる。見ると、その社員証は今井君のものだった。

「今井君？」

バツの悪そうな顔をして自販機からカフェオレを取り出すと、パッと顔を上げた私にそれを差し出した。

「広瀬さんはカフェオレが好きだよな。ほら、熱いから早く受け取って」

「え、あ、うん」

わけがわからないままカップを手にする。休憩室には私と今井君しかおらず、しばらく沈黙が続いた。

「それ、奢り。この間のお詫びにもならないと思うけど……」

つい先週のことなのに、彼に資料室で迫られたのがずいぶん前のように思える。それだけ私はあまり気にしていなかったのかもしれない。当の今井君はあの日の翌日仕事を休んだ。その翌日からも気まずそうに私を避けていた。

「カフェオレ、ありがとう。あ、あの……この間のことは、もう平気よ。いつも通りでいよう、ね？」

この重たい空気を払拭しようと明るい笑顔を作る。すると今井君は力なく笑った。

「ごめん。広瀬さんに一番に謝らなければって思っていたのに、僕は弱くて……話しかける勇気もなかった。そんな僕にいつも通りでいようって言ってくれるなんて、君は本当に優しいんだな」

今井君は深くため息をつく。そして何度も唇を湿らせて口を開いた。

「今でも君を想う気持ちは変わらないけど……僕じゃ到底藤堂ＣＥＯには勝てっこな

い。男としてのレベルの差を感じたというか……それに広瀬さんへの噂も全部僕の責任だ。本当にごめん」

いきなり腰を曲げて私に頭を下げる今井君に私は狼狽える。

「もういいって、噂だろうがなんだろうが無視しとけばそのうちほとぼりも冷めるから、私は負けないよ。大丈夫」

頭を下げたまましばらく黙り込み、今井君は今にも泣きそうな顔で姿勢を正した。

「君が許してくれるなら……また同僚として一緒に仕事してくれるか？」

「もちろんよ。こちらこそよろしくね」

「ありがとう、もう行くよ」

ニコリと笑う私に背を向け、彼は出入口に向かって歩き出す。なんだかその背中が寂しい。そして休憩室のドアの前に立ち、もう一度「ありがとう」と小さく呟いて部屋を出て行った。

これでよかったんだよね？

とにかく今井君と話せてよかった。同僚として仲間としてこれからも一緒に仕事をやっていくことができる。

ホッとした気持ちを胸にスマホをバッグから取り出すと【今、会議が終わった。遅くなってすまない。いつもの場所で待ってる】とメッセージが入っていた。

急がなきゃ。

これから藤堂さんと一緒に帰る予定だ。今井君とのこともうまく収まったと伝えよう。そう思うとなんだか今日はいい一日のような気がしてきた。

【わかりました。すぐ行きますね】

顔を綻ばせ、そう返信する指もこころなしか軽い。

帰り支度を終えて会社のエントランスを出る。すると、一台の黒塗りの高級車が停まっているのが見えた。あれは会社の上層部の社員を送り迎えする社用車で、後部座席から出てきた人物に目を瞠る。

あれは、藤堂社長……？

藤堂商事の代表取締役社長であるその人は、藤堂さんのお父様でもある。会社のホームページの挨拶欄に顔写真付きで掲載されているし、総会などで何度も見たことがあるからすぐにわかったけれど、こうして社内で会うのは滅多にない。すでに二十時近いというのに、こんな時間に帰社するなんて、どこかで会食をした帰りに立ち寄ったのだろうか。

年の頃は六十代前半で目立つような白髪もなく、肌艶もよく、背筋もぴんとしていて若々しい。俳優のようなダンディなおじさまといった風貌で女子社員からも密かに人気がある。そして高身長で知的な目元は藤堂さんの雰囲気とそっくりだ。上質なスーツを身に纏い、立ち尽くす私の存在に目を留めた。目が合ったのは気のせいかと思ったけれど、社長はゆっくりと私へ歩み寄ってきた。

「お、お疲れさまです。藤堂社長」

どうして私のところへ？　そう思いつつ、ペコリと頭を下げる。

「君は、消費財本部の広瀬結衣さんだね？」

私の名前を知ってる……？

こんな大きな会社で社員個人の名前をひとりひとり把握するほど、藤堂社長は暇じゃない。

「は、はい」

藤堂さんと同じく目線よりもかなり高い場所にあるその顔を見上げ、私は軽い瞬きをした。会社の社長、藤堂さんのお父様、そう思うと一気に緊張が走る。

藤堂社長は私の名前を知っていた。ということは、あの噂が耳に入っているのでは？　いや、いくらなんでも社長のところまでは……なんて頭の中で自問自答していると、藤堂社長が優しげな笑みを浮かべゆっくり口を開いた。

「直接本人から聞いたわけではないが、涼介とお付き合いしているそうだな？」

「え……」

単刀直入に尋ねられ、それが驚きなのか困惑なのか自分でもわからないまま身体が強張る。

喉の奥で言葉が詰まってなかなか声にならず、「はい」と今にも消え入りそうな返事をするので精一杯だった。すると藤堂社長の表情が一瞬曇り、まるで見定めるような目でつま先から頭のてっぺんまで視線を上下させた。

「君はうちの息子と付き合うにしては……少々平凡すぎるな。とりわけて名のある家柄でもないし、まぁ、単なる涼介の遊び相手だというのなら、私がここで口出しすることでもないが」

名のある家柄でもないし、って……私の個人情報を調べたの？

大企業の社長である自分の息子がどんな女性と付き合っているのか、ありとあらゆる伝手を使って調べ上げるのは当たり前なのだろう。けれど、私の知らないところで勝手に身元を調べられてモヤッとする。

「遊びなんかじゃありません。真剣にお付き合いさせていただいてます」

この場を取り繕うまい嘘なんていくらでもつける。でも、それは藤堂さんへの裏切りに感じて私が正直に答えると、藤堂社長の表情が一層険しくなった。

「悪いことは言わない。もし、君が本気なのならそれは間違った考えだ。身の丈に合った……という言葉を知っているかな？」

口調は穏やかなのに藤堂社長の視線は冷ややかで、その威圧感に押しつぶされそうになる。

「もっとわかりやすく言えば、君は藤堂家に相応しくない。なんのメリットもないからな。身の程を知れということだ。失礼する」

グサリとくる言葉を言い捨てて、藤堂社長は呆然と立ち尽くしたまま動けずにいる私の横を通りすぎていった。

もし、私がどこぞの大企業の社長令嬢で藤堂さんと付き合っていたら賛成してくれただろうか。大企業同士、横の繋がりを持つことで会社の繁栄に繋がるなら藤堂社長は喜んでくれただろうか。藤堂社長の言う〝メリット〟というのはそういうことだ。

私には、なにもない……。

耳の奥で血がサァサァと巡る音がする。子どもの頃、どこから聞こえてくるのか不思議でひたすら耳を澄ましていた。耳に心地いい音が血の巡る音ではなく雨の音だと気づいてハッとなる。まるで夢から覚めたみたいで、今ここで藤堂社長に言われたことが幻だったのではないかと思うくらい、いつもと変わらない光景が目に映る。

『君は藤堂家に相応しくない』

『身の程を知れ』

藤堂社長に刻み込まれた言葉が胸を抉り、無情にも夢ではないことを告げてくる。藤堂社長はとても紳士的で丁寧な人だ。社長だからといって決して傲慢な態度を取ったりせず、社員からも信頼が厚い。そんな温厚な人から言われた言葉だと思うと、余計にショックだ。

なにも考えられなくなった頭で、とにかくここを離れようととぼとぼ歩いているうちに次第に雨脚が強くなってきた。

藤堂さんと付き合っているという噂をいくら女子社員の間で囁かれようと、ふたりの気持ちが向き合っていれば耐えられた。けれど、彼の親から猛反対されてそれを言葉でぶつけられたら、心がポキリと折れそうになった。すっかり全身が雨で濡れそぼり、前髪が額に張りつくけれど、そんな不快感もどうでもいい。自分が今どんな顔をしているのかさえわからず歩いていると、会社の裏手にある大通りの交差点が見えてきた。ここを右に曲がればポストのある待ち合わせ場所、左に曲がれば駅だ。

このまま駅に向かって帰ろうか……そんなふうに思っていると前方から傘を差しな

がら誰かがこちらへ向かって駆け寄ってきた。

「結衣！」

聞き覚えのある声で名前を呼ばれ、涙で滲んだ視界が鮮明になる。

「藤堂さん……」

ずぶ濡れになった私をサッと傘の下に入れ、「びっしょりじゃないか」と藤堂さんが目を丸くした。彼の顔を見たら、今まで堪えていた感情が込み上げてきて呼吸が引きつりそうになる。

「なかなか君が来ないから心配してオフィスに……おい、どうした？　なぜ泣いている？」

藤堂さんが心配げに顔を覗き込む。私は泣き顔を見られたくなくて咄嗟に下を向いた。

「あの、すみません、私……」

「話は後だ。来い」

羽織っていたコートを脱ぎ、藤堂さんがそれを私の肩から包み込むようにかける。

彼の体温を感じ、私は必死にすがりつきたい衝動を堪えた。

真冬の雨は肌に突き刺さるような冷たさなのに、今までまったく寒さを感じなかったのは、先ほどの藤堂社長のことで全部意識を持っていかれ、感覚が麻痺していたからだった。

「まだ寒いか？」

「……はい」

エアコンの効いた藤堂さんの車に乗ると、身体が温まるまでしばらく私は震えていた。

温かいな……。

藤堂さんのマンションにたどり着き、最初にシャワーを浴びるように言われた。私はまだ笑顔を作る余裕はなく、すべての出来事を洗い流そうと熱めのシャワーを頭から浴びた。けど、だめだった。

『君は藤堂家に相応しくない』

『身の程を知れ』

シャワーの水音に交じって藤堂社長の言葉が頭にガンガン鳴り響く。あんなことを言われて悔しいとかそういう感情はなく、ただ藤堂さんとの関係を頭ごなしに反対されたことが悲しかった。

泣いちゃだめ。藤堂さんの前では笑ってないと。

そう思えば思うほど目頭に熱がこもる。鏡を手のひらで拭うと、腫れぼったい目をしたひどい顔の私が映っている。

車の中で藤堂さんはなにがあったのか尋ねてこなかった。きっと私の気持ちが落ち着くまで待とうと、気遣ってくれたのだろう。

藤堂社長に反対されたなんて……なんて説明すればいいの？

親が反対している付き合いをするつもりはない。この関係は終わりだ。なんて言われたらと思うと怖い。けれど、あんな泣き顔を見られて彼が見過ごすわけがない。

ちゃんと話そう。黙っていてもなんの解決にはならないよね。

私はそう心に決めると目元を拳でぐっと拭い、シャワーを止めた。

脱衣所には触り心地のいいガウンとタオルが用意されていて、着替えてリビングへ行くとテーブルの上にはゆらゆらと湯気を立たせたカフェオレが置いてあった。

「よく温まったか？　ここに座ってくれ」

藤堂さんに話す内容を頭の中で巡らせると緊張で顔が強張る。カウチに座る彼の隣にゆっくり腰を下ろしたら、藤堂さんが優しく肩を抱き寄せてくれた。

「まずはこれでも飲んで、深呼吸するんだ」

カフェオレの入ったカップを手渡され、言われた通りにひとくち飲む。甘くて少しほろ苦い味が口に広がり、深呼吸すると不思議と落ち着いた。

「なんでもない。という返事はなしだ。なにがあったか全部話してくれないか？　もし、またあの今井という男がなにかしてきたのなら――」

「違います。違うんです……」

カップをテーブルに置き、私はぶんぶんと首を振って否定した。今井君に謝罪されて、うまく収束したことを説明すると、藤堂さんは「じゃあ、どうしたっていうんだ？」と少しじれったそうに口調を強めた。重苦しい表情を浮かべた私に、藤堂さんも一緒に眉を寄せる。私は一拍置いて、膝の上にのせた手をギュッと握った。

「今井君との話が終わって、待ち合わせ場所に行こうとしたら……会社のエントランスで藤堂社長に会ったんです」

「父に？　そういえば今日は会議の後、会社に一旦戻ると言っていたが……」

私の口から父親の話が出たのが意外だったのか、藤堂さんが軽く首をひねる。

「やっぱりあの噂をご存知だったようで……私は藤堂さんに相応しくない、藤堂家にはなんのメリットもない、と……そう言われました」

話している間にも涙が込み上げてきそうになって、グッと唇を噛む。

「私、藤堂さんのことが好きなんです。この気持ちはずっと変わりません。でも、そう思うのは私のわがままなんでしょうか、藤堂社長が言うように……わ、私は……藤堂さんに相応しくなくて、身の丈に合ってない……平凡な――ッ!?」

嗚咽が邪魔してうまく言葉が紡げない。

急速に視界がぼやけ、いよいよ涙声になったそのとき、藤堂さんの表情が苦々しく歪んだかと思うと、勢いよく私を抱きすくめた。

「藤堂さん……?」

彼は私の肩口に顔を埋めて唸るような声で言った。

「すまない、本当に……」

身動きもできないくらい強く抱きしめられ、茹だったように首から上が熱くなる。

「父が噂を耳にするのは想定内だったが、君にそんなことを言うとは……迂闊だった。嫌な思いをさせてしまったな」

ついに堪えていた感情が崩壊し、私は藤堂さんの腕にしがみついて泣き声を上げた。

彼はなにも言わず、気持ちが落ち着くまで私の頭を優しく何度も撫で続けた。

「藤堂さんは、私のこと気が強い女だって言ってましたけど、本当は全然違うんです。弱くて、泣き虫で……」

藤堂さんがまるで子どもみたいに泣きじゃくっている私の身体をゆっくり離し、頬に伝う涙を親指で拭う。

「そういうところも全部ひっくるめて、俺は君が好きだ」

藤堂さんが甘い笑みを浮かべ、目を細める。私が一番好きな彼の笑顔だ。

「私、真剣にお付き合いさせていただいてます、って……藤堂社長にわかって欲しくてそう伝えました。でも、猛反対されてしまって……この先、藤堂さんとずっと一緒にいられるのか――」

「不安か？」

気持ちを見透かすように藤堂さんが言葉をかぶせてくる。私のことを好きだと言ってくれているのに、なぜこんなにも不安になっているのかわからない。藤堂さんを信用していないわけじゃないけれど、どうしても気持ちがすっきりしない。

「結衣、俺は君を愛してる。好きなんて言葉じゃ足りないくらいに」

愛している。そう言われて吸い込んだ息が震えた。

愛情表現の言葉はたくさんあるけれど、藤堂さんの甘く低い声で囁く「愛している」は妙にくすぐったくて、胸をかき乱される。

「私も、藤堂さんのこと愛してます……んっ」

返事を返してすぐ、唇に噛みつかれた。なんだか今夜はいつものキスと熱量が違う。

そう気づいたときにはすでにカウチに押し倒されていた。

彼のすべてが愛おしい。

もっと強くて深い感情が〝好き〟という言葉の下から浮かんでくる。

「俺たちがずっと一緒にいられる方法がひとつだけある」

「え……」

私を見下ろす彼に目を見張る。ドキドキと心臓が鳴り、その答えを待つ。

「俺と結婚しよう」

け、結婚!?

まさか、いきなりプロポーズされるとは思っていなくて、短く息を呑んだまま固まってしまった。

「俺は本気だ」

この期に及んで冗談を言う人じゃないのはわかっている。それだけに、藤堂さんのまっすぐで真摯な眼差しに見つめられると、戸惑いを隠せない。

「俺がもし記憶喪失になったとしても、もう一度君のことを愛する自信がある」

彼の強い意思がひしひしと伝わって胸が熱くなる。目尻からポロッと雫かこぼれて藤堂さんがそれを唇で掬った。

今までこんな愛情に溢れた人に出会ったことがない。たぶん、この先もきっと藤堂さんみたいな男性は現れないだろう。誰にも取られたくない。彼は私だけの人なんだから。

「私、藤堂結衣になれるんですか？」

「俺はそう望んでいる」

顔を綻ばせたら目に溜まっていた涙がどっとこぼれ落ちた。それがプロポーズの返事だと悟った藤堂さんは、満足げに微笑んで耳元に唇を寄せる。

「結衣、ベッドに行こう」

艶めいたその言葉の意味を理解して、私は小さくこくんと頷いた。

なんの隔たりもなく藤堂さんと繋がり体温を交わし合い、そして彼のすべてを受け入れる。はじめはうまくできるか心配だったけれど、いざとなったらそんなことを考える余裕もなかった。ただ、藤堂さんに与えられる刺激に身を委ね、素直に感じているだけで精一杯だった。

「まだだ、まだ足りない」

「私も……」

それでもとどまることを知らず、私たちは吐息を絡め長い長い夜を共にした。

第六章　もうひとりの婚約者

まだまだ寒い日が続くとはいえ、日中の日差しが次第に暖かくなってきた。

藤堂さんからのプロポーズを受けて二週間が経ち、先日、私は彼のマンションへ引っ越してきた。何度もこの部屋に来たことがあるのに、ふたりで住むことになると思うと、まるで新婚夫婦の新居みたいに感じた。

『ここのマンションで一緒に暮らさないか？』

そう言われたのが一週間前だった。藤堂さんはただでさえ忙しい人で一週間に二、三日は出張に出かけ、会議などで遅くなったりで週末会えればいいほうだった。身体を休められる唯一の週末なのに、私とのデートで時間をつぶすなんて……と引け目を感じていたら、彼が同棲することを提案してくれたのだ。

大好きな人と過ごせる時間が増える。

私は迷うことなく彼の申し出に二つ返事で了承した。ちょうど住んでいたアパートの更新月でもあったしスムーズに引っ越すことができた。

引っ越しをした際、必ず会社に報告することが義務付けられているため、総務部で手続きをした。この時点で私が藤堂さんと同棲していることがわかってしまうけれど、彼のほうから総務部の社員に私のことは他言無用にしておくように、と話をつけてくれた。

「結衣、結衣ってば」

「えっ、な、なに？」

藤堂さんとの同棲生活のあれこれを妄想していたらふいに美佳から声をかけられ、いつものオフィスへと意識が引き戻された。

そうだ、ぼーっとしてたらだめだよね、仕事中だった。

心の中で反省し、改めて美佳に笑顔で応える。

「どうしたの？」

「どうしたのって、なんだか今日の結衣変よ？　顔色も悪いし……どこか具合でも悪いの？」

仕事中だからと気を張っていたけれど、実を言うと今朝から胃がムカムカして不快感に悩まされていた。原因不明の頭痛も相まって、今も頭がぼーっとしている。

やっぱり早退して休んだほうが……ううん、仕事があるし。そんなことできない。

「平気だよ、心配しないで」

「そう？　無理しちゃだめだよ？」

美佳は私が無理をする性格だということを知ってか知らずか、デスクに戻る間も心配げに私を見ていた。

そんなに私、顔色悪いかな……。

今夜も藤堂さんは遅くなるらしく、先に帰っていてくれとメールが入っていた。

帰りがいくら遅くても、必ず家で会えると思うと寂しくない。

大丈夫！　早く仕事を終わらせちゃおう。


今日もそつなく仕事を終え、帰りがけに会社の化粧室に寄って鏡を見た。晩ご飯も先に食べていてくれとのことだったけれど、あまり食欲がない。昼もろくに食べなかったから少しでも栄養になるものを、と考えていたそのとき。

「うっ……」

食べ物のことを考えていたら、急にみぞおちのあたりから吐き気が込み上げてきて、私は咄嗟に口元を押さえ個室トイレへ飛び込んだ。

な、なにこれ……私、どうしちゃったの？

気持ち悪さに立っていられなくてしゃがみ込む。目を開けているのに視界がチカチカして不鮮明だ。

とにかく落ち着こう。

何度か深呼吸して、しばらく項垂れていると幾分か調子が戻ってきた。

美佳から指摘されて平気とは言ったものの、早退を考えるほど一日中ずっと吐き気と頭痛を感じていた。風邪かな、とも思ったけれど私にはこの不調の心当たりがひとつあった。

まさか、ね……。


会社の帰りにコンビニに寄ってみたけれど、お弁当が並んでいる棚を見ていたら再び気分がすぐれなくなって結局なにも買わずに家に帰ってきた。

時刻は二十一時。

【今、会社を出た】と一時間前に藤堂さんからメールが入っていて、そろそろ帰って来るだろうと思っていた頃。

う、嘘でしょ……？

私は人生で初めて購入した妊娠検査薬を目の前に、トイレにこもって硬直していた。

わ、私……やっぱり妊娠してるの？

間違いがないか何度も説明書を読み返し、判定窓にうっすら現れた蒸発線に目を瞠る。

お腹に、藤堂さんとの赤ちゃんが……。

ずっと体調がすぐれなかったのは、妊娠していたことが原因だったのだ。心当たりのひとつとして生理が遅れていたのもあり、ひょっとして……という思いがあった。

私が妊娠したって言ったら、藤堂さんどう思うかな……きっと喜んでくれるよね。

信じられない気持ちと、嬉しい気持ちが入り交じってひとりトイレの中で動揺していると、玄関から藤堂さんが帰って来る気配がした。私は慌てて検査薬を箱に戻して袋にしまい込んだ。

「おかえりなさい」

トイレから出ると、藤堂さんがリビングでネクタイを解き少し疲れた表情で微笑んだ。一日の終わりに彼の笑顔を見るとホッとする。

「ただいま」

どのタイミングで妊娠の話をしようか悩む。まるで好きな人に初めて告白するみたいに緊張して動きもぎこちなくなる。

「会議が少し長引いてしまって帰りが遅くなったな……結衣？」

ぼーっとリビングに立ち尽くし、モジモジとどことなく落ち着かない私を藤堂さんが怪訝な顔で見つめている。

「どうした?」

彼は私になにかあるとすぐに察してわかってしまう。嘘をついたり誤魔化したりしても藤堂さんにはすべてお見通しだ。

「あ、あの……」

「ん?」

ソファに座って寛いでいる藤堂さんに、私は飛びつかんばかりの勢いで隣に座る。ドキドキと鼓動が高鳴り、大きく深呼吸してから口を開いた。

「できたみたいなんです。私と藤堂さんの……赤ちゃんが」

たどたどしい言葉で告げた瞬間、藤堂さんが眉を跳ね上げて目を見開いた。それは思いがけない不意打ちで、彼も相当驚いたのだろう。

やっぱり、いきなりすぎてびっくりするよね。

「ずっと気分が悪くて……それで、検査薬でさっき調べたら……きゃっ」

言い終わらないうちに藤堂さんが大きく息を吸い込み、そして力いっぱい私を抱きしめた。

「ああ、結衣、それって冗談じゃないよな？　俺がたまに冗談を言ったりするからその仕返し――」

「違いますって、ちゃんと検査薬で陽性反応でましたから」

薄らとだったけど、線出てたし……。

「嬉しすぎて……ごめん、ちょっと言葉がでない」

抱きしめられた状態でじりじりと目元が熱くなる。

藤堂さんが言葉を失うくらい喜んでくれて私も嬉しい。それに、大好きな人の子どもを身ごもることができたのだ。

「俺は今、最高に幸せだ」

軽く身体を離し、両手をギュッと握りしめられた。その指の強さに藤堂さんの喜びの感情がしっかり伝わってくる。

「私も、幸せすぎてどうにかなっちゃいそう……でも」

ずっと胸の奥で引っかかっていることがある。それは、まだ藤堂社長に結婚どころか付き合うことさえ反対されていることだった。伏し目がちに表情を曇らせ、笑顔が消えた私を見て、藤堂さんが察したように私の頭をそっと撫でた。

「父のことが気になってるんだろ？」

「……ええ」

はぁ、とため息交じりに彼が憮然と息を吐く。

「実は、今日、会社で父と会って君との関係を聞かれたんだ」

その重い口調に、あまりいい返事がもらえなかったのだと悟ると、今までの幸せな気分がシュウシュウと萎んでいくようだった。

「まだ誰にも言わないで欲しいと君からお願いされたが、父には本当のことを言っておいたほうがいいと思って、心に決めた相手だと伝えた」

藤堂社長を怒らせるとわかっていても、堂々と包み隠さず私との関係を話してくれた。その彼のまっすぐな人柄に胸がキュッとなる。

「案の定、ものすごい剣幕で反対されたが……家柄なんて関係ないだろ？　そんなの反対される理由にならない。なにがあっても俺の気持ちは変わらないよ」

藤堂社長と話しているときの苛立ちを思い出したのか、少々口調が強くなるも私に注がれる視線は優しさそのものだった。

「藤堂さん……」

「結衣、ひとついいか？」

「はい」

藤堂さん、と名前を口にした瞬間、わずかに彼の唇が引き締まった気がした。するとスッと彼の長い指が頬に伸びてきて唇を耳元に寄せ囁いた。

「もういい加減〝藤堂さん〟じゃなくて下の名前で呼んでくれないか？」

そう言われ、恋人同士になってから私はまだ彼の名前を口にしたことがなかったことに気づかされる。藤堂さんと呼ばれるたびにずっとじれったい思いをしていたのかと思うと、申し訳ない気持ちになった。

「り、涼介……さん」

改めて藤堂さんの名前を口にすると気恥ずかしくて、今にも消え入りそうな声になる。それでも彼はやっと名前で呼んでくれたと満足げに微笑んだ。

「もう君だけの身体じゃないんだ、大事にするんだぞ？　俺も全力で結衣のこと守るから」

藤堂さんの頼もしい言葉はいつだって私を強く支えてくれる。だから、藤堂社長に反対されても気弱になってはいけない、と気持ちをしっかり持つことができた。

「はい」

嬉しくて視界がぼやけ始めると、藤堂さんがそっと私を引き寄せ唇にキスをした。その温もりに体中が包み込まれたら、胸に渦巻いていたすべての憂いがスッと消えていった。

翌日の朝。

「そうですか、わかりました。じゃあ、週明けの予約でお願いします」

妊娠が確定しているかどうかさっそく産婦人科で検査を受けようと病院に電話をしたら、混んでいて早くても来週の月曜日の予約しか取れないと言われた。昨日ほど吐き気はないけれど、早く確実な妊娠を知りたくて逸る気持ちが募るばかりだ。

「病院、なんだって？」

電話を切って藤堂さんのネクタイを結びながら、来週の予約になったことを話す。

「違う病院に電話したほうがいいでしょうか……はい、できましたよ」

「お、サンキュ。ここから一番近い産婦人科だろ？　あまり遠いとなにかあったときに困るからな……でも、診察日まで安静にして、仕事も無理するなよ？」

毎朝、出勤前に涼介さんのネクタイを結ぶのが私の日課になっていて、結び終わったネクタイに満足した彼が私の頭にポンと手を置いた。

「そうだ、週末にベビーグッズを買いに行かないか？」

「え？　ちょっと待ってください、まだ性別だってわかってないんですよ？　いくらなんでも早すぎじゃ……」

「だったら両方買っとけばいいだろ？　産まれてくる子どもは一男一女の双子かもしれないし、いずれまた兄弟姉妹ができるかもしれない」

想像もつかないくらいまだ先のことを大真面目に語る涼介さんに思わずクスリと笑みが溢れた。


涼介さんと一緒に暮らすようになってから、私は彼が運転する車に乗って一緒に出社するようになった。誰かに見られたら……とはじめは気を揉んでいたけれど、地下にある役員専用駐車場には一般社員は入れないし、その場に車を駐める社員はほとんどが藤堂家の身内だという。万が一目撃されても、いずれ藤堂家の一員になる私をなおさら隠すわけにはいかない、そのときはそのときだ。と涼介さんは物怖じせず平然としていた。

「結衣、やっぱり今日は仕事休んだらどうだ？　今からならマンションまで送れる」

「もう平気ですよ。心配しないでください」

ニコリと笑顔を作る私に、涼介さんはいまだに心配げな表情をしている。

ここ二、三日はひどいつわりもなく平穏に過ごせていたけれど、今朝出社前に吐き気が止まらず涼介さんから会社を休むように言われた。

今日はどうしても外せないミーティングがあるし……休んでられないんだよね。

やっとの思いで涼介さんを説得して、会社の地下駐車場まで来た。車から降りてバッグを手にとったそのとき。

向かい側に停めた車から藤堂社長が降りてくるのが見えて、私はハッと息を呑んだ。

私に歩み寄る涼介さんに気づいた社長が足を止める。

「朝からお前に会うなんて珍しいこともあるもんだな。涼介」

「おはようございます。社長」

涼介さんは息子の顔を消し、あくまでも一社員としての態度で挨拶をした。親子なんだからそこまでしなくても……と思っていると、藤堂社長の斜め後ろで控えている秘書がじっと無表情でこちらを見ていた。

ここはもう会社だし、それに秘書がいる手前「お父さん」なんて呼べないよね……。

涼介さんはたとえ親子関係であってもきっちり区別をつけているようだ。すると、社長の視線が涼介さんから私へと流れてきた。

「おはようございます」

ギクシャクしながらペコリとすると藤堂社長は私を冷たく一瞥し、返事もせず短く鼻を鳴らした。

「涼介、言っておくが私は絶対に反対だぞ、彼女とのことを分家である上層部の連中に知られてみろ、それこそ厄介だ」

藤堂商事の執行役員などの上層部は、藤堂家の親戚筋で占められている。私がもし藤堂家に嫁ぐとなったら全員が反対するのがわかっているから、藤堂社長は敢えて厄介だと言った。社長とて自分の息子のことで面倒を起こしたくないのだろう。

「あ……」

色々考えを巡らせていたら急に眩暈で視界がクラッとして、片手で目元を押さえた。

「結衣！」

涼介さんが咄嗟に身体を支えてくれたおかげでなんとか大勢を整える。

「大丈夫か？」

「はい。すみません。大丈夫です」

そのやりとりを見ていた藤堂社長が怪訝な視線を向ける。

「どうかしたのか？」

「社長、ひとつ報告があるのですが」

高身長で端整な顔立ちのふたりが並ぶと妙に迫力がある。しかも親子となるとなおさらだ。

私が妊娠したって、社長に言うつもりなんだ……。

ここは出しゃばらずに涼介さんに任せよう。そう思って私は一歩引いて視線を落とした。

「彼女との間に子どもを授かりました」

「なっ……」

きっぱりと言い切る涼介さんに社長が初めて動揺した顔を見せ、そして言葉を失った。社長秘書も黙ってはいるけれどその眉が僅かにピクリと反応した。

「俺は父親になるんです。それと同時に社長はお腹の子の祖父になる……初孫、だろ?」

最後の語尾はわざと言葉を崩し、涼介さんが息子の顔になって穏やかに笑った。その落ち着き払った涼介さんを見て、父親である自分が狼狽えて取り乱すわけにはいかないと自制したのか、藤堂社長が小さく咳払いをした。

「広瀬さん、うちの息子はそう言っているがすべて間違いはないか?」

藤堂社長が私に向き直り事実を確認する。そして私が「はい。間違いないです」と告げると、社長がはぁ、と長いため息をついた。

「初孫……か。仕事ばかりにかまけていたら、私もそんな年になってしまったということか……まったく」

弱り顔でうっすら口元に笑みを浮かべ、やれやれと首を振ると藤堂社長はそのまま秘書を引き連れて駐車場を後にした。

「あの、涼介さん……これでよかったんでしょうか？」

「よかったもなにも、父のあんな動揺した顔は初めて見たな」

涼介さんの冷静沈着なところはきっと父親譲りなのかもしれない。けれど、そんな藤堂社長が妊娠したことについて怒らなかったのが不思議だった。

「私、妊娠したことについてすごい剣幕で怒られるかと思ってました」

「初孫ができるって知ってかなり動揺しまくりだったな……あんな父の顔を見られただけでも価値あった」

涼介さんがニッと口の端を押し上げて笑う。

「それよりさっきは焦ったぞ、具合が悪いなら無理するなと言っただろ？」

「平気ですって、すぐによくなりました。藤堂社長が上層部に知られたら厄介だって言ってたの聞いて……あれこれ考えてたら少し眩暈がしただけです」

彼にはCEOとして全力で仕事をして欲しい。だから、涼介さんに余計な心配かけたくない。その一心で笑顔を見せると、彼も安心したように笑みを返してくれた。

「案外、初孫ができたことで気が変わって俺たちのこと認めてくれるかもしれないぞ、だから無用な心配はするな」

「はい」

そうなってくれたら嬉しい。

反対されたとしても、私も涼介さんもお互いに愛し合っている。それに子どもも授かった。今はそれだけで満足だ。だからネガティブなことを考えるのはやめて、前向きに未来に向かって涼介さんと進んで行こうと心に誓った。


午後の休憩時間。休憩室の自販機の前でふと考える。

妊婦さんって、カフェオレ厳禁なんだっけ？

いつもの癖でついついカフェオレのボタンを押しそうになる。

確か妊娠したコーヒー好きな友達が一日に二杯か三杯なら大丈夫って病院から言われたって言ってたような……。

「広瀬さん？」

背後から声をかけられてハッとすると、横に今井君が立っていた。いつまでも自販機の前で考え込んでいる私を見て不思議そうに首を傾げている。

「どうしたの？　カフェオレ好きだったよね、買おうか」

「あ、ううん、いいの。今日はりんごジュースにする。自分で買うから大丈夫」

「りんごジュース？　広瀬さんがフルーツ系の飲み物飲むなんて珍しいね。カフェオレしか飲んでるところ見たことない気がするんだけど」

まるで私がいつもなにを好んで飲んでいるか把握しているような口ぶりだ。今井君はまだ私に気があるのだろうか、だとしたらずっと観察されていたみたいでむず痒い。

今井君の視線を感じながら自販機でりんごジュースを買い、取り出し口からカップを手にする。

「広瀬さん、藤堂ＣＥＯといて幸せ？」

「え……？」

今井君の唐突な質問に、うっかり手が滑ってカップを落としそうになる。

「どうしてそう思うの？」

「いや、他意はないよ。ただ、広瀬さんが幸せだっていうなら、僕も安心だから」

見ると、今井君はいたって真剣な顔をしていて、その表情から私の幸せを切実に願っている思いが伝わってくる。

「私、今すごく幸せよ。気にかけてくれてありがとう」

笑顔でそう答えると、今井君は微かに口元を緩めた。そして小さく「そっか」と、力なく笑って大きく深呼吸する。

「これで諦めがついたよ」

「え？」

「それを聞いて広瀬さんに対する気持ちに諦めがついた。それに噂のことも……俺のせいでってまだ気になってるんだ」

今井君は苦しげに眉を寄せて呟く。年明けに比べたらだいぶほとぼりが冷めてきたようだけど、彼はまだ自責の念に囚われていた。

「いつか罪滅ぼしをさせて欲しい。じゃなきゃ僕の気が済まない」

「そんな、罪滅ぼしだなんて……私、全然そんなこと考えてないよ？」

「頼むから考えておいて、じゃあ」

今井君は最後に自分の飲み物を買って、笑顔でその場を後にした。

困ったなぁ、そんなこと言われても……。

りんごジュースをひとくち飲むと、甘酸っぱい味が口に広がった。

【すまない、急な外出が入った。ひとりで先に帰れるか？】

そろそろ仕事が終わろうとしていた十九時頃。

涼介さんと一緒に家に帰れると胸が弾んでいた矢先にそんなメールが入っていて、私はガクッとデスクに突っ伏した。

仕事で忙しいのはしょうがないよね、CEOだし……。

残念な気持ちはあるけれど、明日、涼介さんと一緒にベビーグッズを買いに行く約束をしている。そのことを思うと、一時の寂しさなんてどうってことない。

帰り支度をして席を立ったそのとき、美佳がオフィスに戻ってきた。

「あ、結衣、いたいた」

私のところへ足早に歩み寄ってきて私に声をかける。

「結衣にお客さんが来てるみたいよ」

「え？　お客さん？」

仕事で個人的に来客が来たことなんて入社してから一度もない。いったい誰なのかまったく見当もつかなくて目を瞬かせる。

「うーん、エントランスの受付カウンターで『広瀬結衣さんの部署はどこですか？』って尋ねてたから、うちの部署ですよって教えたの。まだ学生さんみたいに若い子だったけど……そんな知り合いいるの？」

思い当たる節もなくて首を振る。

「エントランスのロビーで待ってますって、そう伝えるように頼まれたんだ。髪の毛長くてすっごく清楚な美人さんだったからすぐにわかると思う。えーっと名前は確か真行寺《しんぎょうじ》さんって言ったかな？」

真行寺……誰だろ？

いまいちピンとこないまま美佳にお礼を言って、私はコートを羽織ってバッグを手にするとオフィスを後にした。


——長い髪の毛ですごく美人。

それを目印にロビーへ行くと、目も覚めるような顔立ちをした女性に目が留まり、向こうも私に気づいてソファから立ち上がる。

「あ、広瀬結衣さんですか？　初めまして」

恭しくお辞儀をすると、さらりと髪が肩から雪崩れた。

「初めまして。広瀬です」

北欧生まれかと思うくらい全体的に色素が薄く、その長い髪は薄茶の紗を重ねたような色合いで、瞳の色もそれに近い。身長もスラッと高く一七〇センチくらいはありそうだ。

ん？　この人……。

彼女はコーラルオレンジのゆったりとしたワンピースを着ていて、よく見るとお腹がふっくらしている。

妊婦さんかな？　こんな美人さんと知り合ったらきっと忘れないと思うんだけど……誰なんだろう？

どうして私を訪ねてきたのか首を傾げていると、彼女がクスリと上品に笑った。

「すみません。突然会社にまで訪ねたりして……私、真行寺澪《みお》と申します」

真行寺澪……さん？　名前からしてお嬢様って感じ！

クリッとした瞳はガラスのように綺麗で、声を発するだけで花の香りが漂ってきそうだ。

「あの、私になにか？」

すると彼女は〝場所を変えたい〟と訴えかけるように周りに視線を流して私を見た。

「涼介君がお付き合いされている方と聞いて来たんです」

え……？　り、涼介君？

親しげに「涼介君」と呼び、ふふっと笑う彼女に私は呆然となった。

「すみません、お忙しいのに……」

「いえ、会社じゃなんですから」

込み入った話になりそうだと直感した私は、真行寺さんを連れて会社の駅近くにあるイタリアンの店に入った。夫婦ふたりで経営しているこの店はたまに美佳とランチで来る。十人も客が入ればいっぱいになるような小ぢんまりとした店だ。真行寺さんはナプキンで口元を拭う所作ひとつでも育ちの良さがうかがえて、こんな家庭的な店でも彼女の周りだけ不思議な高級感が漂っていた。

綺麗な人だな……。

友達でもなんでもない見ず知らずの人にいきなり訪ねてこられて、こうしてふたりで食事をしてると妙な気分になってくる。

「私、藤堂商事の関連会社で勤めてるんですけど……」

真行寺さんは二十三歳で、ソフトウェア開発に携わって画像加工の作業などを中心に仕事をしているという。それから今世田谷《せたがや》に住んでいるなど他愛のない会話の後、パスタをくるくるとフォークに巻き付けながら彼女が口を開いた。

「あなたが涼介君とお付き合いしてるという噂を会社で聞いて……どんな方なのか挨拶を兼ねて一度お会いしてみようと思ったんです。それで今日伺いました」

にこやかに笑う真行寺さんの言葉に、ひとくち飲んだ水をうっかり噴き出しそうになって軽く噎せる。

え、噂って……そんな、関連会社にまで伝わってるの？

ここ最近ほとぼりが冷めてきたと思ったら、噂は私の知らないところでひとり歩きしていたようだ。なんとなく嫌な予感しかしない。

「あ、あの――」

「広瀬さん、涼介君とお付き合いしている噂は本当ですか？」

真行寺さんは言葉をかぶせてじっと胡乱げに私を見つめた。その笑みもなく真剣な顔にまるで詰め寄られている気になって喉の奥で声がくぐもる。

「えっと……」

彼女とは今さっき出会ったばかりで軽々しく自分のプライベートを話すのもどうかと思う。そこまで仲良くなったつもりもない。

「すみません。そういうことは……」

「事実確認をしているだけです」

言葉を濁されてじれったくなったのか、きっぱりと強い口調で言われて私は小さく息をついた。

「本当ですよ。藤堂さんとお付き合いさせてもらってます」

さすがに妊娠していることは言わなくていいだろうと、恋人関係であることだけを伝えると、真行寺さんは伏し目がちに俯いて「そうですか」と呟いた。

もしかして、涼介さんのことが好きだったのかな……？

私のせいでひとりの女性を傷つけてしまったのかと思うと少し心苦しい。でも嘘をついても仕方がない。真実を告げることで真行寺さんの気持ちが晴れるのならば……

そう思っていたら、彼女はゆっくりと顔を上げ、再び私を見据える。

真行寺さんに見つめられるとどういうわけか居心地の悪さを感じる。胸の内まで見透かされそうな気がして、その綺麗な瞳を直視できない。

「涼介君、優しいでしょ？　ちょっと俺様なところもありますけど」

「え、ええ……」

いかにも自分のほうが涼介さんのことを知っていると言われたみたいで引っかかる。

固まった笑顔を貼り付けたままの私に、真行寺さんが口元を緩めて微笑んだ。

「広瀬さん、今幸せですか？」

これ以上、真行寺さんを傷つけるようなことは言いたくなかったけれど、聞かれて答えないわけにはいかない。私はしばらく言葉を考えて切り出した。

「幸せですよ。一緒に住んでるんですけど、本当によくしてもらってます」

涼介さんとの生活が楽しくて、ついそのことを思い出すと自然と笑みがこぼれる。そんな私に一瞬、彼女が小さく唇を噛んだような気がした。

「そうなんですね」

真行寺さんは短く相槌を打ち、動揺を隠すようにして最後のひとくちのパスタを口に運んだ。

「あの、つかぬ事をお聞きしますが……藤堂さんとどういう関係なんですか？　下の名前で呼ぶってことは、それなりの知り合い……なんですよね？」

先ほどからずっと燻っていた彼女への疑問をここでようやく口にすると、真行寺さんが再び視線を落とし、なにか言いたそうに口を開いては閉じてを繰り返した。

「広瀬さん、すごく言いにくいんですけど……私、涼介君の婚約者なんです」

……え？

ハンマーで頭を殴られたような衝撃が走り、一瞬なにを言われたのか理解できなかった。次第に息苦しさを感じ、ずっと息を止めていたことに気づく。

「広瀬さん？」

真行寺さんが怪訝な顔で私を見ると同時に、店のＢＧＭが鼓膜に押し寄せてハッと我に返る。

「こ、婚約者って……どういうことですか？」

きっとなにかの冗談だろう、そう思いたい。けれどそんな冗談をわざわざ初めて会った人に言うだろうか、現実味がなくてまるで夢の中にいるような感覚だ。

震える声を振り絞って尋ねると、彼女はニッと唇を弓型にして微笑んだ。

「言葉通りの意味ですよ。涼介君は私の婚約者でこの子の父親でもあるんです」

「なっ……」

「涼介君とは幼馴染で、昔からうちと藤堂家は家族ぐるみの付き合いがあるというか……だからご親族の方とも仲がいいんですよ」

次々と彼女の口から出る情報に頭が追いついていかない。完全に思考がショートしてしまったようだ。情報処理能力を失った私の頭はからっぽで、もうなにも考えられなくなっていた。ドクンドクンと心臓の鼓動だけが鼓膜に響く音しか聞こえない。孤立した空間に取り残されたみたいだ。

「私と涼介君は許嫁なんです。お腹の子、男の子なんですよ。涼介君のお父様も後継ぎができたって喜んでくれて……」

真行寺さんはまるで聖母のようにお腹を愛おしげに何度もさすっていた。

「ふふ、本当は挨拶というのは口実で忠告に来たんです。涼介君がご迷惑をおかけしました。ちょっと遊びが過ぎたみたいで……よく言って聞かせておきますから。広瀬さん、くれぐれも勘違いされませんよう、よろしくお願いいたしますね」

ほかの人が見たらなんて美しい笑顔なんだと思うかもしれない。けれど彼女の微笑みはこの上なく辛辣で冷酷でゾクッとするような恐怖を感じた。

第七章　人生最大の絶望

翌日。

『涼介君は私の婚約者でこの子の父親でもあるんです』

『お腹の子、男の子なんですよ。涼介君のお父様も後継ぎができたって喜んでくれて……』

頭が痛い、吐き気がする。

真行寺さんの話はあまりにも精神的ダメージが大きすぎた。週末の休みに涼介さんと一緒にベビーグッズを買いに行く予定だったのに、とてもじゃないけれどそんな気分になれず、結局お出かけはキャンセルしてもらった。

十二時か……。

もぞもぞと布団の中からスマホに手を伸ばし、時間を見て枕に顔を埋める。涼介さんは具合が悪いという私を気遣って買い物に出かけていた。

昨夜、マンションに着いたら堰を切ったように泣きじゃくるんじゃないかと思っていた。けれど、ショックが大きすぎて放心状態のまま涙さえ出てこなかった。真行寺さんと別れてから、どうやって家に帰って来たのかさえ記憶がない。様子のおかしい私を心配する涼介さんに「大丈夫です」となんとか笑ってそのままシャワーを浴びた。それだけでも上出来だと思う。よく泣かずに堪えたと自分を褒めたいくらいだ。

真行寺さんのお腹の子は男の子だと言っていた。性別がわかるということは五ヵ月は経っているだろう。

私と涼介さんが出会ったとき、彼女はすでに妊娠していたんだ……。

藤堂社長から付き合いを反対されても、初孫ができたことでもしかしたら考え直してくれるかもしれない。そんな淡い期待を抱いていたもののあっけなく玉砕した。

真行寺さんが親しげに「涼介君」と呼ぶたび、私の知らない彼を知っている、と言われているようだった。彼女のほうが綺麗だし、良家のお嬢様で涼介さんと並んでいると絵になるふたりだ。胸の中の片隅に小さく燻っている劣等感につい押し負けてしまいそうになる。

涼介さんが私を裏切っていたなんて信じたくない。

考えるだけで悲愴な感情が込み上げてきて、ここで私は初めて涙を流した。

泣くのを我慢していたわけでなく、ただ現実を呑み込めなかった。時間が経ち、真行寺さんからの情報を脳が処理し始めるとじわじわと絶望が押し寄せてきた。真行寺さんの立ち振る舞いを見れば、家柄のいいお嬢様というのは一目瞭然だった。そんな家同士が家族ぐるみの付き合いをしていてもおかしくはない。許嫁だというのも納得だ。それに、自分の結婚相手がほかの女性と浮気をしていたと知っても、真行寺さんはいたって冷静で微笑みさえ浮かべていた。私だったら気が狂いそうだ。その証拠に今だって止めどもなく涙が溢れて止まらなくなっている。

今すぐ涼介さんに会いたい、声が聞きたい、穏やかに笑う彼の顔が見たい。まだ涼介さんが家を出て一時間も経っていないというのに、今にも外に飛び出してしまいそうになる自分を戒めるべく、シーツを握りしめた。

いったいこの先私はどうしたら……。

そんなことを考えていると涼介さんが帰って来る気配がして、私は慌てて袖口で濡れた目元をゴシゴシと拭った。

「ただいま、気分はどうだ？」

「おかえりなさい、だいぶよくなりました。すみません、せっかくのお出かけだったのに……」

ベッドから上半身を起こし、立ち上がろうとする私を制して涼介さんがベッドの縁に腰を下ろした。

「どうしたんだ？」

泣いていたことに気づいた様子の涼介さんが、優しく包み込むような声音で私の頭を撫でた。黙って俯いていても額のあたりに涼介さんの視線がいつまでも絡みついているようで、なにか言わないと、と言葉を考える。すると彼が申し訳なさそうに眉尻を下げ口を開いた。

「すまない、具合が悪いのにひとりにして、やっぱり付いていたほうがよかったか？」

「いえ、買い物に出かけるのをすごく楽しみにしてたんです。それなのに……自分が情けなくて泣けてきたんです」

涙を流した本当の理由はそうじゃない。こんな嘘をついて誤魔化そうとする自分が嫌で自己嫌悪になる。

「気にするな、時間はいくらでもあるだろ」

「そうですね……」

「真行寺澪さんという涼介さんの許嫁に昨日会いました」その言葉が喉の奥で何度も上下して、やっぱり本当のことを話そうか躊躇する。

涼介さんの口から「実は本当の許嫁がいるんだ」なんて言われたら……もう立ち直れないよ。

パンドラの箱を開けるような結果になるかもしれない。そう思うと怖くて切り出せない。

「そんな暗い顔してないで、笑ってくれ」

昨夜、私になにがあったか知らない涼介さんが私の手を握って微笑みかける。

言われた通り笑みを作ろうとするけれど、頬が引き攣ってうまく笑えない。諦めて目を伏せると、涼介さんが小さく咳払いした。

「結衣、せめて籍だけでも入れに行かないか？　俺はすぐにでもそうしたい」

「え……」

なにかを言おうとして口を開いて見るものの、すぐには言葉にできず、ただ涼介さんの「籍を入れに行かないか？」という一言だけが脳裏にこだまする。

涼介さん、まだ真行寺さんと籍を入れてないの？

嬉しい気持ちと訝った思考が交じって目を瞬かせていると、そっと彼が私の頬に触れた。そしてまだ残る涙の痕跡を拭い去るように親指で撫でた。

「母がまだ生きていたら、きっとこの結婚に賛成してくれただろうな。俺が小学生のときに病死したんだが……」

彼の瞳が切なげに揺れ、初めて聞くお母様の話に胸がキュッとなった。

あのクリスマスの夜、私が両親を亡くした話をしたとき、彼は私の気持ちに寄り添うように優しく抱きしめてくれた。不思議と温かい気持ちになれたのは、きっと親を亡くした悲しみを知っていたからだ。

「父は、ひとり親になったからと言って俺を完璧な人間に育てようとしたんだろうな、だから自分の思い通りにいかないとすぐに不機嫌になる。だけど、自分の結婚相手くらい自分で決めたい」

真摯な声音で涼介さんは唇を真一文字に結ぶ。

「お父様はちゃんと将来のことも考えながら一生懸命涼介さんを育ててくれたんだと思います」

結婚に反対している藤堂社長の肩を持つ発言が意外だったのか、涼介さんがわずかに眉を跳ねさせる。

「籍を入れようって言ってくれてすごく嬉しかったです。でも、お父様の気持ちも大切にしたいんです。だから、反対されたまま籍を入れることはできません」

涼介さんを見つめ、はっきりとした意思をもって伝えると、彼はしばらく私を凝視したまま口を閉ざしていた。

せっかく籍を入れようっていってくれたのに、突っぱねるようなことを言ってしまったかな、と胸に不安がよぎる。

「散々嫌味なことを言われたというのに、それでも父の気持ちを大切にしたいのか？」

「はい。だって、こんな素敵な人に出会えたのは涼介さんのご両親のおかげですから。むしろ、ありがとうございますってお礼が言いたいくらいです」

それは本当に心の底からそう思っていることで、自然と笑みがこぼれた。すると。

「まったく、君って人は……どれだけ俺を夢中にさせるんだ」

少し硬い表情だった涼介さんの顔がたちまち綻んで、そっと私を抱き寄せた。

「父のことをそんなふうに言ってくれたのは結衣が初めてだ。ひとりの女性を愛して、頭の中が埋め尽くされるのも……寝ても覚めても君のことばかり考えてる、笑えるだろ？」

「涼介さん……」

「結衣、ありがとう」

ふっと身体が離れると、すかさず涼介さんは唇を重ねてきた。彼がいつもつけているほんのりスパイシーなフレグランスの香りが鼻先を掠め、体温とともに立ち昇った肌の匂いにくらりとする。

「わかった」

長いようで短いキスを解き、涼介さんが口元を緩める。

「結衣の気持ちを尊重しよう。父が首を縦に振ってくれるまで入籍はお預けだが、俺はいつだって君を藤堂結衣にしたいと思っているってこと、忘れるなよ?」

「はい……ありがとうございます」

昨夜の出来事は全部夢だったのではないか、あれは幻で本当は真行寺さんなんて人に会ってない。なにもかも順調にいっている。この甘くて柔らかな雰囲気に包まれていたら、そんなふうに思えてきた。

きっとなにかの間違いだ。だって、涼介さんはこんなにも私を愛してくれている。

私はまだ膨らんでいないお腹をさすり、この子が私たちの架け橋になってくれると心からそう願った。

「結衣、お腹空いてないか? あまり料理は得意じゃないんだが、栄養満点の野菜スープを作ろうと思ってさっき買い物で材料を買ってきたんだ」

「スープ、いいですね! 私も手伝います」

先ほどまで沈んでいた気持ちも、涼介さんと話していたらなんだか元気が出てきた。身体を起こし、彼のほうへ身を乗り出す。

「涼介さん」

「なんだ？」

「大好きです」

彼への想いが募り、大胆にも自分から涼介さんの頬にキスをした。すると彼は少し驚いた顔をしてから照れくさそうに目尻に皺を寄せて笑った。


週が明け、産婦人科での診察日がようやくやって来た。

「結衣、本当に一緒に行かなくて平気か？」

「大丈夫ですよ。後でちゃんと報告しますね」

涼介さんは堂々としていながら、私のこととなるとものすごく心配性なところがある。今日は大事な会議があるにもかかわらず、病院に一緒にいくから代理を立てるなんて言い出した。私もミーティングがあるため、午前中に病院へ行って、午後から出勤するつもりだったけれど、一日休みをもらったらどうだ、と何度も心配そうにしていた。

「なにかあったらすぐに連絡をくれ、じゃ行ってくる」

「わかりました。いってらっしゃい」

私の腰を引き寄せ、いってらっしゃいのキスをする。自然なこの行為がものすごく新鮮で、そして新婚夫婦みたいだ。

「なに照れてるんだ？　同じこと何回もしてるだろ」

「て、照れてなんかいません！」

キスされてポッと赤くなった顔では全然説得力がない。涼介さんはそんな私にニコリと笑って「可愛い」と、また恥ずかしくなるようなことを言って会社へ向かった。

結婚したら、きっとこんな感じなんだろうな……。

腕に産まれたばかりの赤ちゃんと抱いて、毎朝こんなふうに彼を見送る。数ヵ月後にはふたりで幸せな家庭を築いているはずだ。そんな想像をしていると頬が緩む。

あ、診察の時間に遅れちゃう、急がなきゃ。

私はバタバタと病院へ行く準備を始めた。


予約を入れた産婦人科は住んでいるマンションの最寄り駅から徒歩十分の場所にある。臨月になったら毎週通うことになると思うし、自宅から近い徒歩圏内のほうがなにかと都合がいい。

それに食事も病院専属のシェフが作ってくれて美味しいって評判の病院だし、涼介さんに言ったら、すごい食い気だなってまた言われちゃうかも……あぁ、緊張する！

初めての産婦人科にどきまぎして、出入口でまごついていたら後ろから来た妊婦さんに怪訝な目で見られてしまった。

よし！　行こう。

意を決して中へ入り、受付を済ませて院内のフロア案内図を見る。

病院は三階建てで三階が入院ができる病室や新生児室、分娩室などがあり、二階はリラクゼーションのためのアロマルームやマタニティヨガなどのレッスンが受けられるフロアで一階が外来になっているようだ。

問診と事前検査などを済ませ待合室のソファに座ると、向かい側に座っている親子に目がいく。

「ママ！　次、これ読んで！」

「はいはい、貸してごらん」

四歳くらいの小さな女の子がお母さんに本を読んでとせがんでいる。そのお母さんのお腹はふっくらしていた。

二人目かな？　私は……そうだな、三人くらい欲しいなぁ、女の子と男の子と……。

楽しげに本を読んでいる親子を見ながら、まだひとり目も生んでないうちから妄想が膨らんでひとりでに頬が緩んだ。

予約をしていたものの、やっと名前が呼ばれたのは一時間くらい経ってからだった。いつの間にかウトウトしていたようで、看護師から「広瀬さん」と声をかけられてハッとした。

診察室に入ると、五十代くらいの女医がどうぞ、とにこやかに椅子に座るように促した。

「院長の宮村《みやむら》です。広瀬さんは出産を希望されてますか？」

「え？　はい、もちろん」

いきなり出産希望の有無を問われて目が点になる。ここに来る妊婦さんは全員が出産を希望する人ばかりじゃないんだ……と、その質問の意図を理解するとしんみりした気持ちになった。

「妊娠検査薬で初めて陽性が出たのはいつごろですか？」

「先週の火曜日です」

宮村先生がキーボードに指滑らせて、問診の情報を入力する。それから、生理周期についてや基礎体温を計っているかなどを聞かれた。

「とりあえずエコーを撮ってみましょうか」そう言われて検査をした。けれど、宮村先生の表情に一切の笑顔がなかった。普通、「あ、ここに胎嚢がありますよ」とか教えてくれると思っていたのに不安がよぎる。

「あの、宮村先生、母子手帳は名字が変わってから受け取りに行ったほうがいいですか？　実は私まだ籍を入れてないんですけど、あ、近々入籍の予定はあるんです」

無意識に不安な気持ちをかき消そうとしていたのかもしれない。空元気に明るく尋ねる私に宮村先生が表情を曇らせ、小さく咳払いをしたあと重たげに口を開いた。

「広瀬さん、残念ながら……検査結果で妊娠は認められませんでした」

「……え？」

妊娠何週目で、検診の手順やこれからの体重管理などの話があるのかと思っていたら、百八十度想像していたのと違うことを言われ、しばらく氷漬けになったみたいに動けなかった。

妊娠が……認められなかった？　嘘だよね？　どういうこと？

思考回路は白いペンキでもぶちまけられたように真っ白だ。医師がそんな冗談を言うようには見えなかったし、先週自分で検査薬を使って調べたときにはちゃんと線が出ていたというのに、どうして妊娠していないのかわからなかった。

「あ、の……どういうことでしょうか？」

身体がふわふわして全身に血が巡っていないような感じだ。何度も息を呑み込んで尋ねる。

「妊娠中のホルモンの変化がないんですよ。一応、五週目くらいに入っていればエコーで胎嚢や胎児の心拍動確認できるのですが……」

宮村先生の言葉が室内の虚しく響いて消える。

妊娠していると思って期待に胸を弾ませていたら実は妊娠していなくて、絶望のどん底に落ちていく女性を何人も見てきたのだろう。先生はいたって冷静に淡々としていた。

「でも！　ちゃんと先週検査薬で陽性反応が出たんです」

これは紛れもない事実なんだと、すがるような口調で言う。すると宮村先生は私のほうへ身体を向けた。

「市販の検査薬でも正しい時期に正しい使い方をすれば九十九パーセントの確率と言われていますが広瀬さんの場合、生理周期が不安定なこともありますし、妊娠していなくてもストレスやホルモンバランスの乱れなどで、ごく稀に妊娠ホルモンが微量に分泌される場合があるんです」

確かに、私は高校生の頃からずっと生理周期が不安定で生理がこない月もあったりして密かに悩みの種だった。

「妊娠検査薬は極めて敏感な作りになってますので、今回はそういったことに反応してしまう〝偽陽性〟だったと思われます」

偽陽性？　そんな……。

「陽性反応を確認した検査薬はまだお持ちですか？　確認してみてください。おそらく線が消えているはずです」

使用した検査薬はあのまま箱に戻してしまってある。宮村先生の話によれば、うっすら線が出ていても陰性の場合、数分後には消えてしまうのだという。

「それとですね……」

視線を床に落としたままの私に、先生が眉を顰めてエコーの画像を見ながら話を続ける。

「大変申し上げにくいことなのですが、広瀬さんの子宮内膜はとても薄くて着床しにくくなっているんです」

「……それって、妊娠しにくいってことですか？」

床から先生の顔へ視線を動かし、震える声で尋ねると宮村先生はこくんと頷いた。

妊娠していなかった事実に加え、さらに妊娠しにくい体質だと聞かされてもう耳を塞ぎたくなる。

私、赤ちゃんできないかもしれない身体なんだ……。

二十五年間で、こんなにも絶望に打ちひしがれたことがあっただろうか、目の前で先生がなにか話しているけれど、水の中で喋っているみたいで不明瞭だ。全然頭に入って来ない。ぐっと唇を噛み、膝の上で握ったこぶしに力を込めると背中に冷たい汗が浮いた。

病院へ来る前は何週目だろう、どんな病院だろう、とこれから始まるマタニティライフに胸を弾ませていた。

私は宮村先生にろくにお礼の挨拶もできず、放心状態のままなんとか身体だけ動かして病院を出た。

涼介さんになんて言ったらいいの？

病院を出て初めに頭に浮かんだのは、妊娠したと伝えたときの涼介さんの嬉しそうな笑顔だった。実は妊娠してなかったんです。なんて明るく笑って言えるわけがない。こんな精神状態でこれから仕事に行かなければならないなんて、やっぱり涼介さんが言うように仕事を休んでおけばよかった……。そう後悔しながら、私は会社へと向かった。

今日はなにをしても身が入らない。仕事中もどこか上の空だった。だから早めに仕事を切り上げようと、私はパソコンの電源を落としてデスクの上を片付け始めた。

【今夜、急遽会食の予定が入ったから遅くなる。病院どうだった？】

スマホを見ると何回か涼介さんからメールと着信が入っていた。なんて返事をすればいいかわからず、会食のことについてだけ【わかりました】とメールを送った。

帰ろう……。

吐き気や眩暈がしていたのは、日々のストレスが原因ではないかと先生に言われた。その原因がなんなのか、考えなくても心当たりがありすぎる。身体に不調が出るほど精神的にダメージを受けていたと思うと情けなくなる。

会社を出た夜の街は幾分寒さが和らいでいて、悄然とした私を慰めるように春の甘い匂いが鼻を掠めた。

家に帰宅して、私は一番に妊娠検査薬を引き出しから取り出してみた。

やっぱり、線が消えてる……。

あのときはうっすらと線が出ていたのに、先生が言っていたとおり確認すると綺麗に消えていた。結局、あのときから陰性だったのだ。

私はグッと検査薬を握りしめそのままゴミ箱へ捨てた。唇を噛んで溢れ出しそうな涙をこらえる。喉の奥に力を込めていないと、今にも情けない声が次々と出てしまいそうだ。

よろよろと壁に手をつくと、窓ガラスに泣き出す直前のような顔をした自分が映っていて力いっぱい目をつぶった。

どうして……涼介さんとの子ども、欲しかった。結婚も認められてないのに、赤ちゃんなんて作るなってこと？　私には、その資格がないってこと？

涼介さんのいない部屋は冷たくて寒い。励ましの言葉で〝沈むところまで沈んだら、あとは上に上がるだけ〟なんて言うけれど、ここまで凹んだら、そう簡単に這い上がれる気がしない。暗い海の底で低迷している深海魚のようだ。

「うぅ……っ」

ついに嗚咽がこぼれて口元を手で押さえる。もう立っていられなくて私は寝室に駆け込むとそのままベッドへ潜り込んだ。

「い、ゆ……結衣」

いつの間に寝てしまったのだろう。布団に埋もれた状態でうっすらと目を開ける。

涼介さん？

「もう寝たか……病院で疲れたんだろうな。おやすみ」

涼介さんの声が近くでする。ゆっくりと大きな手が私の頭を撫で、髪の毛にキスをする。それだけでまた目が潤んできそうだ。私は子どもができていなかったことを話す勇気がなくて、顔も上げずに寝たふりをしていると涼介さんが部屋から出ていく気配がした。

「涼介さん、ごめんなさい……」

誰にも聞こえない小さな私の呟きが、部屋の壁に虚しく吸い込まれていった。

翌朝、起きたらすでに涼介さんは先に仕事へ出かけていた。リビングがしんと静まり返っていて、【朝イチで会議があるから、悪い、先に行く】とスマホにメールが入っていた。

朝から彼に会わない日は何度か会ったけれど、こんなにも寂しい朝は初めてだった。今日は仕事のミスも多く、高村主任が気を遣って『最近、様子が変よ？　どこか具合が悪いなら早めに帰っていいわよ？』と言ってくれたけれど、仕事をこなしている間だけ少し気が紛れた。気を紛らわせるために仕事をしているようで罪悪感が湧いて、やっぱり今日は早めに家に帰ることにした。

涼介さんにちゃんと話さないとね……隠しててもすぐにわかることだし。

一日が過ぎるのはあっという間で、私は仕事を終わらせ重い足取りでマンションにたどり着いた。

たぶん、涼介さんはまだ帰って来てないはず、だから温かい飲み物でも飲んで深呼吸してから、彼になんて言うか考えよう。

そう思って玄関のドアを開けたら、リビングに明かりがついているのが見えてドキリとする。

「結衣、おかえり」

「た、だいま……」

予想外にも彼は私よりも先に帰宅していた。ソファに座りノートになにやら名前を書き込んでいる。

「お疲れ、今日は予定が変更になって早く帰れた。今、ちょうど子どもの名前を考えていたんだ」

なにも知らない涼介さんはどことなく楽しげにしていて胸がチクリとする。

「疲れただろ?」

労わるように声をかけられ肩が跳ねる。平気です、と短く答える私に涼介さんが屈託なく笑った。

「仕事が早く終わったからベビー用品が売っている店に行ったんだ。どんなものか物色するだけのつもりが、子どもが着てる姿を想像したらこんなに買い込んでしまった」

彼の笑顔はいつだって見ていたい。だけど今だけはその心苦しさに直視できなくて目を逸らした。

「すみません、ちょっと疲れてるみたいです」

私は涼介さんの温もりを求めるように彼の隣に腰を下ろし肩を寄せた。すると、思っていた通りに涼介さんは優しく私の肩を抱いた。

なんて言おうか考えるつもりだったのに、彼の温かさに頭が麻痺してるみたいでうまく言葉が紡げない。

——子ども、できてなかったんです。

——私、妊娠しにくい体質みたいなんです。

心の中でだけでしか呟けなくて大切な人に大切なことを言う勇気がない、そんな弱い自分に腹が立つ。

「ごめん、帰って来て早々ひとりで浮かれすぎだよな」

苦笑いを交えて涼介さんが口を開く。

「母親が早くに他界しただろ？　父はいつも仕事ばかりで……藤堂商事の幹部に三つ上の兄がいるんだが優秀な男でね、昔から勉強ばかりしていて幼少期の俺はいつも孤独だったんだ」

お母様が亡くなっていることは知っていたけれど、お兄さんがいたのは初耳だった。涼介さんが優秀だと言うなら、お兄様もさぞかし立派な人に違いない。

「そうだったんですね……」

誰にも相手にされず、ひとりで時間を過ごしている涼介さんの幼少時代を想像すると胸が締め付けられる。

「だから自分の子どもにはそんな思いはさせないつもりだ。温かな家庭を作って、君も子どものことも大事にする」

ゆっくりと視線を上げると、涼介さんは固い意思表明とともに熱い眼差しを私に向けていた。本当ならおかしくなりそうなくらい嬉しくて、彼の言葉を噛み締めているはずだ。だけど、涼介さんが描く温かで幸せな家庭への憧れを知った私は、居たたまれなくて逃げ出したい気持ちでいっぱいになった。

妊娠していなかったなんて言ったらきっと涼介さんは悲しむ。しかも子どもができにくい体質と知れば、全部なかったことにしてくれと言われるかもしれない。そして彼は真行寺さんの元へ行ってしまうのではないか……。そんな不安で頭が埋め尽くされた。

涼介さんには幸せになってもらいたい。でも、私にそれができる？　できもしないのに彼にすがっていていいの？

そう自分に問いかけ、目の前のベビー服に小さく震えたため息を漏らした。それは長く尾を引いて、室内の空気に溶けていく。可愛い服を着た赤ちゃんを見守りながら、微笑み合う私と涼介さん、そんな妄想が砕けて消えるのがわかった。

私じゃ涼介さんを幸せにはできない……。

絶望的な言葉がよぎったとき、彼が私の気持ちとは裏腹に明るく話を続けた。

「結衣、明日、妊娠届を出さないか？　一緒に母子手帳を受け取りに行こう。こういうことはなるべく早いほうがいいだろ？」

母子手帳は病院から妊娠の確定診断を受け、妊娠届を提出したらもらえる手帳だ。むろん、今の私にそれを受け取ることはできない。

「結衣？」

いつまでも浮かない様子で笑顔もない私を怪訝に思ったのか、涼介さんがひょいっと顔を覗き込んでくる。

「どうした？」

いったいどんな顔をしていたのだろう。頬を引き攣らせ、今にも泣きそうな私の表情に気づくと、彼の笑顔がスッと消えた。

「嬉しくて泣きそう……って顔じゃないな」

私の身によからぬことが起こった。そう察した涼介さんの目が剣呑な色に変わる。

「な、なんでもありませ――」

「嘘をつくな」

ぶつりと途中で言葉を切り、涼介さんが硬直した私をじっと見据えている。真剣な眼差しを向けられて、心臓が騒ぎ出す。

隠し通すことはもうできないのはわかっているのに、彼に本当のことを話すのがたまらなく怖い。飛び跳ねるようにソファから立ち上がり、一歩足を踏み出そうとしたけれど、彼に手を摑まれて前に進めなくなる。涼介さんは逃がしてはくれないようだ。

「結衣、さっきから様子がおかしいぞ？」

「っ……うぅ」

堪えきれなくなった嗚咽が唇からこぼれて、咄嗟に摑まれていないほうの手で口を押さえる。いきなり泣き出してしまった私に驚いたのか、涼介さんがスルリと手を放した。

「できてなかったんです……」

「え？　なんだって？」

勢いよく彼に向き直ると、目元から涙が散った。

不自然な沈黙が室内に落ちる。ギクシャクとした心音が鼓膜に響いて、私が言ったことが呑み込めていない涼介さんに私の口が勝手に動き出す。

「昨日、産婦人科に行って検査をしたら妊娠してないって言われました。検査薬で陽性反応が出たから赤ちゃんができたって思ったんです。でも違った。それに、私……妊娠しにくい、体質だって」

第八章　暗闇の中の光

「結衣……」

　私の告白を聞いた涼介さんは、なんて声をかけたらいいのかわからず、ただ無意味に私の名前を呼んだ。

「私じゃだめなんです！　涼介さんを幸せにはできない、家族を作れないんです！」

　本当はちゃんと落ち着いて話したかったのに、様々な感情が入り交じって叫び声にも似た強い口調になる。唇を噛んで止めどもなく涙を流す私に、涼介さんはじっと黙って一度目を深く閉じた。心の中で今の私にかける言葉を思案しているような表情だ。

　再び目を開けた涼介さんの顔には一切の笑顔はない。それを見ただけでなにか厳しいことを言われるのだとわかった。

　もう終わりだ。きっと別れようって言われるに決まってる。でも、私にそれを引き止める権利はない。

　すると、身構える隙も与えず彼は迷いのない声で言い放つ。

「君じゃだめかどうかは俺が決める」

まっすぐな視線にずるずるとその場に崩れ落ちそうになった。

涼介さんの裁きが下される。もう口を開く気力もなく嗚咽だけがこぼれ、私はそっと目を閉じて俯く。なんの支えもない私の身体はただ小刻みに震えていた。

「こっちに来い」

唐突に腕を引かれて彼の胸の中にすっぽり収まる形になる。そして涼介さんは問答無用で抱き込んできた。

「馬鹿だな……」

恐る恐る視線を上げると、涼介さんは目を細めて笑みを深くした。彼の表情が意外で私は目を瞬かせる。

「昨日から様子がおかしいと感じてたが……君はそのことをひとりで悩んでいたんだな」

後頭部に大きな手が回され掻き抱くようにグッと腕に力が込められる。込み上げてきたものに私はたまらずその腕にしがみついた。

「子どもができないからといって、愛する女性を簡単に手放したりしない。そんな薄情な男に見えるのか？」

「涼介さん……」

そっと身を離し、彼が私の顎を指先で掬い上向かせた。

「あ……」

微かに声が漏れて柔らかく唇を塞がれる。ゆっくりとキスが解かれると、つい名残惜しくてそれを目で追ってしまう。

「私を、まだ好きでいてくれるんですか？」

「当たり前だ。俺は結衣じゃなければだめなんだ」

あっさりと肯定され、言葉が切れる。瞬きをしたらまた涙がこぼれそうになって瞼に力を入れた。

「つらかっただろ、気づいてやれなくて本当にすまないことをした。君の気持ちも知らずに浮かれたりして……はぁ、まったく俺は情けない男だな」

彼が罪悪感を滲ませた顔をしていたから、私は咄嗟に首を振った。

「ち、違うんです！　私がいつまでもうじうじしていたから……もっと早く涼介さんに話せばよかったんです。涼介さんはなにも悪くありません」

「俺に話せない理由があったのか？」

「それは……」

子どもができないと聞いて、涼介さんに嫌われるのではないかという恐怖心しかなかった。それが理由だと言ったら、愛されている自覚がないと怒られるだろうか。

「あんなに喜んでくれた涼介さんを失望させるんじゃないかって……妊娠していなかったことに加えて、子どもができにくい体質だなんて知ったら——」

「俺に嫌われるとでも？」

言葉尻を奪われて、私は二の句が継げなくなる。すると、涼介さんは深く長いため息をついた。

「俺がどれくらい結衣のことを愛しているか、改めてわからせる必要がありそうだな」

「え？　わっ、涼介さん？」

彼は私の腕を掴み、ぐいぐいと引っ張るようにして寝室へ向かった。

「あの、なにを……」

「なにをって？　これから君のことを抱き倒す」

ベッドに倒れ込むと、すかさず涼介さんの身体が覆いかぶさってきた。逃げるどころか身じろぎすらできない状況だ。

「結衣、愛してる」

「あ、んんっ……」

噛みつくようなキスをされて、奥まで含まされた舌がとろりと私のそれに絡みつく。ひどく獰猛で野性的なキスかと思えば、今度は優しく唇を啄まれた。

「涼介、さ……」

すぐ側で彼の息づかいを感じ、互いの距離の近さを意識する。指を伸ばして涼介さんの頬に触れるとわずかに唇が動いた。笑ったのかもしれない。

「なにがあろうと、俺が結衣を愛する気持ちは変わらない」

涼介さんの揺るぎない眼差しに強い意思を感じる。きっと別れを切り出されるだろうと思っていたのに、彼は変わらず私を愛し続けてくれる。

「嬉しいです。私も、涼介さんのこと愛してます」

胸の中にまだ真行寺さんの存在が燻っているけれど、涼介さんの身体はこんなにも私を求めて滾っている。

彼の肌は熱く、その腕の中でキスを受けているとすべての憂いが溶けていくようだった——。

不妊症とは、一年間性生活を行っているにもかかわらず妊娠の成立を見ない場合のことを言う。かぁ……。

仕事を終え、涼介さんの帰りを部屋で待っている間、最近不妊症について検索するのが癖になっていた。彼と身体の関係になってからまだ一年も経っていないし、不妊症かどうかなんて決めつけるのは早いのでは、と思うけれど体質的に妊娠しにくいのであれば、結局不妊に繋がる。

先日、月のものがやって来て生理になるたびにがっかりな気持ちにさせられるのかと思うと気が滅入る。

「ただいま」

涼介さんが帰ってきた。

私は検索していたスマホを閉じて、いつものように明るく彼を出迎えた。

「おかえりなさい。涼介さん、今日は忙しかったみたいだし夕食まだなんじゃないかと思って簡単にカレーを作ったんです。食べますか？」

「お、いいね、実は昼も夜も食べ損ねて空腹で死にそうだ。助かるよ」

こんな会話をしていると、甘い新婚生活みたいで嬉しくなる。疲れた顔に笑顔を浮かべると彼は上着を脱いでネクタイを緩めた。部屋着に着替えている間に私はさっそく作ったカレーをお皿に盛って準備する。

「帰ってきたときにカレーの匂いがしたから、一気に食欲が刺激された。君が作るカレーはうまいもんな」

「ふふ、そう言ってもらえてよかったです。私もさっき帰ってきたばかりでまだ食べてないんです。一緒に食べようと思って」

「そうか、いただきます」

向かい合わせに座って涼介さんと食卓を囲む。それだけでも幸せだ。子どもを望むことは私にとって贅沢なのだろうか。

「結衣、いただきますって言っておいてスプーンが止まってるぞ？　なにかまた悩み事でもあるのか？」

「え……」

一緒に暮らす幸せの裏に、私には常に〝子どもができない〟というモヤモヤが付きまとっている。涼介さんはそれに気づいて私に心配げな顔を向けた。

「私、ずっと考えてたことがあるんですけど……」

「なんだ？」

「今度の休みにベビーグッズを一緒に見に行きませんか？」

思いも寄らぬ私の申し出に、涼介さんが手を止めて目を丸くした。

「子どもができなくてうじうじしてる自分が嫌なんです。ベビーグッズを物色しながらイマジネーションを養うのも、気持ちを前向きにするためにいいんじゃないかって」

きっと可愛い洋服やベビーカーなどを見たら、自分には手に入れられない未来だと悲観的になってしまうかもしれない。だけど、このままじゃいつまでたっても気持ちを入れ替えることはできない。

「それは結衣にとって精神的に荒療治にならないか？」

涼介さんは私のためを思ってか、顔を雲らせその表情は否定的だ。

「ベビー用品売り場なんて行ったことないので興味はあります。自分で言い出したことですから、大丈夫です」

安心させるようにニコリと笑うと彼も口元を和らげた。

「君は根本的に芯が強い女性だ。俺が一番よく知ってる。だから君に惚れたんだからな」

いきなり気恥ずかしくなるようなことを言われ、首筋がカッと熱くなる。そんな私を見て涼介さんが口の端を押し上げた。

「わかった。週末にでも行こう」

「楽しみにしてますね」

「君の笑顔のためだ」

互いに微笑み合うと、胸の中がほわっと温かくなるような気がした。


そして週末。

桜の木が芽吹き始める季節になり、空は青々と澄み切って今日はお出かけ日和だ。

最近、気が沈むことばかりだったから世の中が春に変わりつつあるその変化にも気がつかなかった。

私は涼介さんに連れられて、大型ショッピングモールにやって来た。週末だからか家族連れが多く、モールの中央広場では大道芸のイベントが開催されていた。

「結構混んでますね」

私は春らしく淡いピンクのワンピースを着て、涼介さんは黒のチノパンに白いシャツ、その上からライトブルーのカジュアルなジャケットを羽織っている。スーツに見慣れていたためか、私服姿で出かけるのが新鮮だ。

「人を見ているだけで疲れてしまうな、大丈夫か？」

「まだ来たばかりですし、平気ですよ」

涼介さんが「離れ離れにならないように」と私の手を取りギュッと繋いだ。心配性な彼に思わずクスッとして、私もその手を握り返した。

ここのショッピングモールにはベビーグッズを専門に扱っている大きな店舗が入っていて、目移りするくらい種類豊富なグッズが取り揃えてあった。

「あ、涼介さん、このベビーカー見てください。幌に可愛いリボンがついてます」

「ほんとだ、これなら紫外線や日差しからも余裕でカバーできるな。でも男の子だったらリボンは微妙だろ」

親指と人差し指で顎を挟みながら涼介さんがうーん、と唸っている。

「取り外しできるみたいですよ。それにしても、ベビーカーって結構お値段するんですね、初めて知りました」

私も彼もこんなにまじまじとベビーカーを見たことがなく、物珍しくてあれこれ見て回りたくなる。

「まぁ、物は値段じゃなくて機能性と実用性だろ？　結衣が一番気に入った物を買えばいい」

「え？　もしかして今日買って帰るつもりですか？」

今日は物色するだけと思っていたのに、涼介さんはニコニコ顔で買う気満々だ。

「いずれ必要になるんだし、俺はそのつもりだが」

先日のベビー服も思ったけれど彼は気が早くて、きっと楽しみを我慢できない性分なのかもしれない。結局、ベビーカーはさすがにかさばるからと、後日改めることにして新生児用の肌着を見に行くことにした。すると、涼介さんのスマホが鳴る。

「ちょっと失礼」

仕事の電話かな？　休みの日にまで大変だね。

私に背中を向けていた涼介さんが手短に電話を切り振り返る。その顔はなんだか申し訳なさそうだ。

「どうかしたんですか？」

「どうやら俺がここに来ていることが取引先のスタッフにバレたらしい」

「え？」

「プライベートだって言っても、仕方ない」

やれやれと深いため息をついて、彼はスマホをポケットに突っ込んだ。

「このモールにうちと契約している店舗があるんだ。今の電話、そこの店長からだった。是非お立ち寄りくださいってさ。でも、自分の用事に君を付き合わせるのも悪いしな……」

いきなりCEOが女性を連れて店に現れたら、従業員の人たちだってびっくりしちやうよね……それにまた変に噂を立てられるのも嫌だし。

「私はここにいますから、行って来てください」

「すまないな、ちょっと店に顔を出すだけだから、すぐ戻る」

涼介さんは肩ごしに振り返り、軽く手を振ってエスカレーターのほうへ歩いて行く。

私は笑顔で彼を見送り物色の続きをすることにした。

赤ちゃんの肌着って、こんな感じなんだ。

ベビー用品は見ていて飽きない。涼介さんと別れてあっという間に三十分くらいが経った。

棚に陳列された肌着があまりにも小さくて可愛らしく、思わず笑みがこぼれる。オーガニックコットン素材で染色にもこだわった、ママにも赤ちゃんにも安心な素材でできているものや、ガーゼハンカチやバスタオルがセットになっているものもあった。

そのとき。

あれ?

見覚えのある女性が数十メートル先を横切ったのを見て足が留まる。

真行寺さん？

長い髪を揺らめかせ、その女性はエレベーター乗り場のほうへ歩いて消えていくのを目で追う。

横顔だったし、気のせい……だよね？

涼介さんがいないとはいえ、こんなところで彼女と鉢合わせしたくない。私はすぐさまくるりと背を向けて、反対方向へ向かって歩き出した。

気を取り直し、色々見て回ろうと思って店内を巡っていたら、隣にいた若い夫婦の会話が耳に入ってくる。女性のほうはお腹が大きくプレママみたいだ。

「女の子だからこっちが可愛いよ」

「そうだな、なんせ初めての子どもだからなぁ、奮発してこれのほうがいいんじゃないか？」

お腹の子、女の子なんだ……。

出産に向けて夫婦で色々準備をしている様子が微笑ましく、また羨ましくもあった。

私、赤ちゃんもいないのに、なにしてるんだろ……。

まだ結婚もしていない、子どももいないのになんだかここにいるのが場違いな気がして手にしていた肌着をそっと棚に戻した。

戸惑う涼介さんを納得させてベビー用品を見に行きたいと提案したのは自分だ。きっとこういう気持ちになる。だからそれを乗り越えようと思ってここへ来たはずなのに。それに考えないようにしていても、やっぱり真行寺さんのことは気になる。

腕時計に目をやると、時刻は十八時になろうとしていた。

はぁ、結局こんな暗い気持ちになるんじゃだめね……。

「結衣」

肩を落とすと不意に背後から声をかけられる。振り向くと涼介さんが少し早歩きで戻ってきた。

「おかえりなさい」

「待たせてすまないな、あの店長いつも話が長いんだ」

店長さんはよっぽどおしゃべり好きな人なのだろう、苦笑いを浮かべる彼は先ほどより少し疲れた顔をしている。

「それは大変でしたね。そろそろ行きましょうか」

「なにも買わなくていいのか?」

「ええ、必要になったらまたここへ来ればいいですし、そのときは付き合ってくださいね」

ニコリと笑って見せるけれど、実は幸せそうな夫婦を見て凹んでいたなんて知られたくない。それでも私の気持ちが沈んでいると感づいたのか、涼介さんはそっと私の頭に手をやり胸元に引き寄せた。

「ち、ちょっと、そんな人前で……」

取引先のスタッフのように、どこで誰が見ているかわからないのに、涼介さんの大胆な行動にどぎまぎする。

「結衣、早めのディナーにしよう。このモールにちょっと小洒落た料亭があるんだ。刺身が美味しくて有名な店だよ」

見上げると、涼介さんはさらりと私の髪の毛を撫でた。

「いいですね、お刺身大好きです」

さっきまで沈んでいた気持ちも、彼と一緒にいることでパッと明るくなる。涼介さんは不思議な力を持った人だ。

涼介さんのお勧めだという店に行き着くと、着物を来た女将さんが笑顔で出迎えてくれた。

「あ、藤堂様、いらっしゃいませ」

その店はレストランエリアの一番奥の場所にあった。店内にはハイソな感じのするカップルや中高年の客がちらほらと食事をしていて、暖簾をくぐって一歩足を踏み入れた瞬間、甘く温かな米の香りが漂ってきた。そして遅れて味噌汁の匂い。食欲を刺激されてギュルルとお腹の虫が疼き出す。

「藤堂様って呼ばれてましたよね？　やっぱり贔屓にしている店なんですか？」

「仕事先で知り合いになった人に教えてもらったんだ。料亭といってもそんなに堅苦しくない店だろ？」

カウンターが七席にふたりがけのテーブルが五席。広めにとった通路のせいか、さほど狭さを感じない。

「料亭って言ってたので、もしかして芸者さんとか出てくるのかなって」

「ぷっ、芸者さんね、それも悪くないがこの店に芸者はいない。どちらかというと割烹に近い店だな」

そんな会話をしながら女将さんに案内されて個室へ通される。

「わぁ、素敵なお部屋ですね」

案内された個室は掘りごたつ形式の座敷になっていて、い草の香りが鼻を掠めた。部屋の床の間には落葉松、カルミア、デルフィニウムなどの春のいけばなが陶器の花瓶に生けられている。間接照明もそこまで煌々としておらず、静かで落ち着いた空間を演出していた。

「座敷だと足を曲げて座るのが苦手だという人もいるだろ？　最近畳座敷から堀座敷にリニューアルしたらしい」

テーブルを挟んでそれぞれ向かい側に座り、さっそく飲み物をオーダーした。

「刺身はマストだろ、ほかに食べたいものはあるか？」

「そうですね、このおまかせコース料理はどうですか？　お刺身も天ぷらもひと通り食べられますよ」

「じゃあ、それにしよう」

コース料理を注文し、運ばれてきた飲み物で乾杯する。

ん？　あれなんだろ？

仲居さんがなにかを涼介さんに手渡したような気がするけれど……。

あんまりじろじろ見ないほうがいいよね。そうだ、お礼言わなきゃ。

「涼介さん、今日は私のわがままに付き合ってくれてありがとうございました」

車で来たため、アルコールの飲めない彼が烏龍茶を呷り、目を点にした。

「おいおい、なんだよ急に。別にわがままだなんて思っていない。むしろ俺は君に感心しているんだ」

感心？　私に？

きょとんとする私に彼は薄く目を細める。

「大丈夫とか言っておきながら、本当はつらかったんだろ？」

「え……」

幸せそうな夫婦を見て気持ちが落ち込んでしまったのは確かだ。なんとか笑顔を向けたものの、涼介さんの胸に抱き寄せられたとき、本当は全部気づいているんじゃないかと思った。

ほんと、涼介さんには嘘つけないね……。

すると、彼は唇の左右をニッと引き伸ばし、「そんな結衣に今日一日頑張ったご褒美だ」と言って白いショッピングバッグを私に差し出した。アクセサリーを買ったときに入れてもらうようなサイズの袋で、目を瞬かせながらそれを受け取る。

「これは？」

「いいから開けてみてくれ」

さっき仲居さんから受け取っていた物ってこの袋だったのかな？

おずおずと中を覗いて長細いコバルトブルーの箱を取り出す。ドキドキと高鳴る胸を押さえつつ、ゆっくりとかけられたリボンを解いて中を開けた。

「え、すごい、綺麗なネックレス……」

そっと純白のチェーンを手で掬う。見るとトップには四方八方に煌くダイヤが揺れていて、私は目の前に現れたそれを見つめ、思わず息を呑んだ。

「あ、あの……ダイヤなんて、こんな高価なご褒美を受け取るようなことした覚えないんですけど……」

「嬉しくないか？」

戸惑う私に涼介さんが残念そうに眉尻を下げるから、とんでもないと首を振って全力で否定する。

「嬉しくないわけないじゃないですか、ちょっとびっくりしてしまって……」

嬉しい。嬉しくて今にも泣きそうだ。目頭に熱を持ち始める前にさっそく身につけてみようとしたけれど、なんだか指が震えてうまくいかない。

「ほら、貸して」

涼介さんが席を立ち、私の後ろに回ると髪の毛をサッと掻き分ける。

「これからだって色々君にはプレゼントしたいものはたくさんある。結婚指輪とか、な」

結婚指輪……。それを左の薬指にはめるためには、藤堂社長から結婚の許しがなければならない。なかなかハードルは高そうだ。

顎を引いて胸元で光っているダイヤを見ると、まるでシンデレラにでもなったような華やかな気分になる。すると、不意に彼が後ろから腕を回して、ギュッと抱きしめた。

「よく似合っているよ、お姫様」

ゆるゆると圧をかけられ、やんわりと心臓を握られる感覚に息苦しいほど胸が高鳴る。耳朶に微かな吐息を感じたかと思うと、涼介さんは次にチュッと短く私の頬にキスをした。そのタイミングで「失礼します」と外から仲居さんに声をかけられて、ビクリと肩が跳ねる。涼介さんは低く笑って自分の席へと戻っていった。

涼介さん、いつの間にこんなネックレスを？　もしかして、取引先の店長に呼ばれたときに買ってくれたのかな……？

そんなことを思いながら、キスの名残で熱くなった顔で次々とテーブルに料理が並べられていくのをじっと見つめる。美味しそうな見栄えにごくりと生唾を呑むと、仲居さんが一品一品の料理の説明をしてくれた。

「ごちそうさまでした。すごく美味しかったです」

料理自体に量はないはずなのに、種類が多かったためか食べ終わる頃にはかなり満腹になった。席を立つと、ここに来るときにはなかったダイヤのネックレスが首元でころんと揺れた。

「涼介さん、ありがとうございます」

私は正面から彼にそっと抱きつくようにその背に腕を回した。先ほど涼介さんから頬にキスをされたときは、仲居さんに見られるところだったとヒヤヒヤしていたくせに、無性に彼を抱きしめたい衝動にかられて、もう誰に見られようが構わなかった。

「どうした？　君から誘われてるって勘違いするぞ？」

スッと髪に指を差し込んで私の長い髪を梳く涼介さんの目の奥に、すでに艶めいた火がちらついていた。

「勘違い、じゃないです……」

たぶん、私も彼と同じ気持ちだ。そう思うと恥ずかしくて、俯きながらこくんと小さく頷いた。

「結衣」

「あ、んっ……」

家までの帰路があまりにも遠く感じ、そのまま駆け込むようにホテルに入った。バタンと部屋のドアが閉まるのと同時に互いの唇を荒々しく貪り合い、上がっていく息づかいと、時折漏れる声が壁に反響している。

羞恥で困惑する私に涼介さんはふっと息を漏らすように笑った。

「君の肌は甘くていい匂いだ」

「んぅ……っ」

無防備に開いていた唇に舌をねじ込まれからめ取られる。夢中になってそれに応えていたら、不意に敏感な部分に触れられてくぐもった声が出た。彼の動きは止まることなく私は瞼を痙攣させる。身体をひとつにするともう顔を隠す気力もなくなって、大好き、愛してると全身で訴えた。

「結衣っ」

私は潤ませた目を向け、唇の動きだけで彼の名を呼ぶ。涼介さんはため息のように微かに笑って唇をチロッと舐めとった。微笑んではいるけれど彼も息が荒く、快楽に余裕のない表情をしている。私の身体で感じてくれていると思うと自然と笑みがこぼれた。

もう、私は涼介さんと一緒じゃなきゃ、生きていけない……。

抱かれながら、ふいにそんな実感が湧いた。互いに鼻先を擦り合わせると胸の奥から甘い感情が押し寄せた。

涼介さんが私の上で息を弾ませ、額はうっすら汗ばんでいる。その姿に興奮めいたものを覚えて、私は彼の首に腕を回して抱き寄せた。

「涼介さん、愛してます」

だからお願い、私だけの涼介さんでいて欲しい。誰にも渡したくない。真行寺さんが婚約者だなんて信じたくない……。

「わかってる。俺もだ」

そう耳元で囁いて、汗みずくになった涼介さんは優しく微笑んだ。


さらっと髪を撫でられる感触で目が覚めた。

ゆっくりと目を開けるとぼやけた視界に朝日が差し込んでくる。眩しさに目を眇めるとまた髪を撫でられた。そして目の前に肘枕をつく涼介さんの姿。

あれ、ここ家じゃない。

見慣れない天井が涼介さんの背後に見えてハッとする。

そうだ。昨夜は家に帰らず涼介さんとホテルに泊まったんだった。

料亭の店を出て、ふたりきりで抱き合えるならもうどこでもいいと、すぐに近くにあるビジネスホテルに飛び込んだ。そして獣のように貪欲に求め合い、ふたりの熱がまぐわうと全身から震えが起こった。

「おはよう。よく寝ていたな」

輝く日射しの中で彼が笑う。布団から出ている上半身は裸だ。

「おはようございま――ッ！」

涼介さんの逞しく浮いた首筋におびただしいほどのキスマークがついているのを見て、ギョッと目を見張る。

行為に夢中になって何度も涼介さんの首にしがみついて吸いついた記憶がある。顔を赤らめる私に彼が口元を緩めた。

「君も、体中いたるところに俺のだっていう証がついてるぞ？　例えば――」

「い、言わなくても大丈夫ですから！」

恥ずかしくなるような部位を口にされそうな予感に、慌てて私はその言葉を押しとどめる。涼介さんは声を立てて笑いながら私の腰を抱き寄せた。

「今日は日曜で休みだろ……もう少しこうしていたい」

「ん……」

とろりと甘く口づけられて、昨夜の熱の残滓に身体が疼く。

「もう、涼介さんって朝から元気すぎません？」

「そういう君こそ、内股を擦りつけたりして……朝から色っぽいな」

「なっ……」

無意識にしていたことを彼に指摘される。唇を痙攣させ、顔から火が出るくらいの羞恥に布団をかぶろうとしたらその手を阻まれた。

「結衣、ここを出る前に一回しよう」

甘ったるく耳元でそう囁かれると、鼓膜がビクビクと震えて断る理由がなくなる。

私は頷く代わりに涼介さんの首を引き寄せて深く唇を合わせた。

第九章　希望の光と影

カレンダーをめくって月が替わる。

仕事もそこそこ忙しく、最近ではあの噂も鎮静化しているようで私を見る女子社員たちの視線も薄れてきた気がする。真行寺さんが会社に来たらどうしよう、という不安もあるけれど涼介さんとの生活が充実していたから、気がつけばそんな不安も感じなくなっていた。

『うーん、大人っぽくて雰囲気のあるお店かぁ』

「うん、知ってる限りで全部教えて欲しいんだけど」

『彼氏の誕生日だもんね、よし！　任せておいて、色々ピックアップしてから後でメールするわ』

お礼を言って姉との電話を切る。今夜は私のほうが早く仕事が終わり、家でゆっくり姉と電話をするため、ひと足先に帰宅した。それに今朝からなんだか胃がムカムカして早く休みたかったというのもある。

今も少し気持ちが悪い感じがするけれど、きっとお腹が空いているせいね。

帰りにコンビニで買ったりんごジュースをごくっと飲み干す。いつもならカフェオレを飲むのが習慣になっていたのに、最近はまったく飲みたいと思わなくなった。代わりにあまり普段は買わないようなフルーツ系のジュースを好むようになったが、それがどうしてか自分でもわからない。

手帳を見つめ、三日後の日付を指で追う。

彼の誕生日は、たまたまお互いの名前の由来について話していたときに知った。

『春生まれだから、最初は父が春樹《はるき》っていう名前にしようとしたんだ。でも、もう春は終わりに近いからって母に却下されたらしい』

涼介さんの名前が決まった日、涼しく爽やかな風が吹いていて彼のお母様が『この風のように涼しげで優しい子に育って欲しい』と言ったことから、結局〝涼介〟という名前になったという。

私の由来については両親に尋ねる機会もなく天国へ逝ってしまったため、答えられなかった。もう知ることができないのかと思うと、無性に知りたくなってしまうけれど、真相は闇の中だ。

涼介さんの誕生日、この日はビッグイベントね。

彼はいつも私のためにおもてなしをしてくれる。だから今度は私がとっておきのお返しをしようと思って、旅行、レストラン雑誌のライターである姉に色々とリサーチを頼んでいた。とにかく姉がお勧めしてくれるレストランなら間違いないだろう。

誕生日プレゼント、なににしようかな……。

スマホで三十代男性へ贈る誕生日プレゼントをあれこれ検索するだけでもわくわくして楽しい。

涼介さんからプレゼントされたダイヤのネックレスも肌身離さず身につけている。目敏い美佳に突っ込まれて根掘り葉掘り聞かれたけど、嫌な気分になるどころか面映ゆくて、そして嬉しかった。

明日、会社帰りにショッピングモールに行ってプレゼント見てみようかな。

そう思っていると涼介さんが帰ってきた。今夜は彼が出先で買った飲茶セットを一緒に食べる予定で楽しみにしていた。私はスマホを閉じて帰宅した彼を出迎える。

「おかえりなさい」

「ただいま、待たせたな。ほら、買ってきた。君が好きって言っていた小籠包もあるぞ」

「ありがとうございます。お疲れさまでした」

飲茶セットの入った袋を受け取り、ふわっとにんにくの香りが鼻を掠めた瞬間、胃に不快感を覚える。

嫌な匂いではないはずだし、いつもなら食欲をそそられるのに……なんだろうこの感じ。

「結衣？」

袋を手にしたまま動こうとしない私を怪訝に思ったのか、涼介さんがじっとこちらを見つめている。

「あ、いえ、何でもないですよ。さっそくいただきましょうか」

私は慌てて口内に充満した唾をごくっと飲み込んで袋から箱を取り出した。

「期間限定の焼肉入り肉まんって言うのがあったから、気になってそれも買ったんだ。明日も大事な会議があるし、スタミナつけなきゃな」

彼はネクタイを緩めながらソファに座り、はぁ、と息を吐いて寛ぐ。今日も一日すごく疲れたに違いない。

「焼肉入りだなんて、美味しそうで……うっ」

箱を開けると同時に強烈な吐き気が込み上げてきて、私は咄嗟に口元を押さえながらトイレに駆け込んだ。

気持ち悪い……もしかして、これってつわり生活の始まり？

元々生理不順で月一にくるものがこなかったりするときもあるけれど、そういえば今月はまだだ。それに産婦人科に行って以来、基礎体温を毎日計るようにしていて、ここ最近ずっと高温の日が続いていたから少し気になっていた。

「結衣、大丈夫か？」

ドアの向こうで心配そうな彼の声がした。口元を拭い、落ち着きを取り戻してからよろよろとトイレから出る。

「すみません、いきなり吐き気がして」

なんとなくだけど、今度こそ妊娠したような気がする……検査薬で調べてみよう。

「あまり無理をするなよ、気分がすぐれないようならゆっくり休むといい」

優しく背中を撫でられ、ホッとひと息つく。

「ありがとうございます。あの、今から確認したいことがあるので、食事先に食べてください」

「調べたいこと？」

「しばらくトイレにこもりますね！」

目が点になっている涼介さんに説明する間もなく、私は予備で購入してあった妊娠検査薬で今度こそ妊娠しているかどうか確かめることにした。

それから数十分後。

……やっぱり陽性だ。間違いなく、ちゃんと線もはっきり出てるし！

妊娠検査薬の窓に出ている線をじっと見つめ、お腹に手をあてがう。

お願い、今度こそ赤ちゃんができてますように。

「おい、結衣、まさか倒れてたりしてないよな？」

あまりにもトイレにこもっている時間が長すぎたのか、涼介さんが痺れを切らせてドアをノックする。

「あ、はい、大丈夫です。今出ますね」

私は念のため持ち込んでいたスマホで陽性反応が出ている検査薬を画像に撮った。

「いったいどうしたんだ。ずっと心配してたんだぞ」

ドアを開けると、着替えもせずに私を待っていてくれた涼介さんと目が合う。

「私……」

妊娠したみたいです。そう言おうとして一旦喉の奥で言葉を留める。前回、よく確かめもせずにぬか喜びさせてしまった。結局、私の勘違いでそのときのトラウマが胸を掠めた。

「もしかして、できたのか？」

言葉にして伝える難しさをもどかしく思っていると、涼介さんがじっと見つめながら尋ねてきた。

「実は今日、一日中胃に違和感があって……ここ最近の基礎体温もずっと高温のままだったんです。さっきの吐き気もひょっとしてつわりが始まったんじゃないかと思って、検査薬で確認したら……陽性でした」

息を呑んで驚いた顔をしている涼介さんにスマホの画像を見せる。

「ほら、ちゃんとここに……わっ」

彼の両腕がスッと伸びてきたかと思うと、ふわっと全身が宙に浮いた。

私の身体を抱き上げながらくるっと回って下に下ろし、そして涼介さんは力いっぱい私を抱きしめた。

「やったな！」

「あ、あの、ちゃんと病院で妊娠しているか確定診断もらわないと……」

素直に喜べない。不安な気持ちを隠せず、俯く私の頭にポンと温かな手がのせられる。視線を上げると彼がホッとしたような満面の笑みを浮かべていた。

「俺はなにがあってもすべてを受け入れる。君をひとりで悩ませたりしないから、今度は一緒に病院へ行こう」

「涼介さん……」

「全力でサポートする。いや、させてくれ」

その心強い言葉に胸に巣食っていた不安と恐怖が消え、サーッと明るい光が射し込んだ。

どうか子どもができていて欲しい。もうがっかりさせたくない。そんなふうに思いながら、明日の朝イチで産婦人科の予約を取ることにした。


つわりが始まるのは一般的に五週目くらいからといわれている。あとで調べてみてわかったことだけれど、食欲がなくなったり、口にする好みが変わったりするケースもあるらしい。

最近、カフェオレよりもフルーツジュースを飲むようになったのもそのせいかもしれない。

翌日の朝。

「結衣、大丈夫か？　つらそうだな」

「……大丈夫です」

「今日は仕事を休んだほうがいい」

大丈夫と言いつつも、胃のムカムカで目が覚め、今朝から吐き気が止まらず水を口にしては戻してを繰り返していた。

妊娠初期は匂いに敏感になると知っていた涼介さんは、毎朝飲むコーヒーを控えてくれた。それでも冷蔵庫を開けただけで胃袋がキュッとした。

「でも——」

「でもじゃない。うちの会社はつわり休暇の制度があったはずだ。とにかく明日の診察まで安静にしてるんだぞ?」

食い下がる私を宥めるように涼介さんが親指で私の頬を撫でる。

朝、産婦人科に電話を入れたら、明日なら空いているといわれすぐ予約を取った。仕事も忙しくて休んでいる暇などないというのに、それに今日は涼介さんの誕生日プレゼントを買いに行くつもりにしていた。だけど実際はベッドから起きあがれそうにもない。無理して出かけて外で具合が悪くなったら……そう考え、ここは諦めて高村主任に休みの連絡を入れた。

もう私だけの身体じゃない、かもしれないものね。

「わかりました」

「いい子だ。結衣をひとりで残していくのは心配だが……なにかあったら遠慮せずにすぐ連絡をくれ」

そう言って私の額に軽くキスをして彼は会社へ向かった。『心配だから俺も休む』と言ってくれたけれど、今日は大事な会議があると昨夜言っていた。私のために休んでその会議にＣＥＯが不在となると、ほかの社員にも迷惑がかかる。

はぁ、とため息をついてベッドに横になりながらスマホを見ると、姉からメールが入っていた。

【大人の雰囲気がたっぷり味わえる、イベントにぴったりのお店をピックアップしておいたよ】

色々調べてくれたんだ。後でお礼言わないとね。

気持ちは美味しい物を食べて、涼介さんの誕生日をお祝いしたいのに……あぁ、もどかしいな。

とにかく明日病院へ行って、ちゃんと検査してもらおう。涼介さんにいい報告ができるといいんだけど……。

そう祈りつつ、運命の診察日を迎えた。

妊娠していると意気込んで実はしていなかったという絶望を味わい、それに私は子どもができにくい体質という事実が恐怖感となって、結局一睡もできずに朝が来た。

緊張からかつわりからか、病院へ行く時間ギリギリまでトイレにこもっていた私を、涼介さんが労わり支えてくれた。

病院へ向かう車の中。

「今日はこの日のためにスケジュール調整したから、なにも気にかけることはない」

不安で仕方がなくて自然と口数も少なくなっていたら、優しく涼介さんに言われて少し気持ちが楽になった。

「ありがとうございます」

こわばりの残った顔で笑うと手をギュッと握られる。そして、冷たくなった指先がじんわりとその温かさに包まれると、心臓の鼓動も穏やかになっていくのがわかった。

車だと病院まで数分で着いた。駐車場も空いていて、さほど今日は混んでなさそうだ。一度はほぐれた緊張も、病院の前まで来ると再び高まってくる。

「あの、涼介さん、ここで待っていてくれませんか？」

色々な理由で来院しているほかの女性のことを考えたら、男性がいるだけで気を遣う人もいるかもしれないし……。

「わかった。車の中で待ってるよ」

せっかく連れて来てもらったのに気を悪くしないか心配したけれど、涼介さんはちゃんと理解してくれた。

「じゃ、行ってきますね」

また妊娠してませんでした。なんて言われたら……。そんな不安に表情が暗くなってしまう。

「待って」

車を降りようとすると呼び止められる。涼介さんが私の手を掬い、手の甲に唇を落とした。

「おまじないだ。きっと大丈夫」

「ふふ、まるで西洋の王子様みたいですね」

私の気持ちをわかってくれているのが嬉しい。いつだって彼は私といてくれる。そう思うとふっと全身から力が抜けて自然と笑みがこぼれた。

待合室のソファに座って数十分。どことなく落ち着かない。涼介さんからプレゼントされたダイヤのネックレスをしていれば、ずっと握りしめていたい。でも、検査するために今日はしてこなかった。

大丈夫、大丈夫。ちゃんと妊娠してる。

自分にそう言い聞かせるように、赤ちゃんがいるかどうかまだわからないお腹を何度もさすっていると、診察室のドアが開いて名前を呼ばれる。中に入ると前回と同じ宮村先生が笑顔で出迎えてくれた。

「こんにちは」

緊張で固くなった声で挨拶をしたら、「リラックスして」と宮村先生がニコリと微笑んだ。

「前回と同じように再度確認のためいくつか問診して、それから内診していきますね」

「はい。よろしくお願いします」

これから検査が始まる。

私は重ねた両手をギュッと握りしめた――。

なんだかどっと疲れちゃったな……。

検査はスムーズに終わった。内診が痛くて何度も『力を抜いてください』『ロウソクの火を吹き消すように息を吐いて』と言われたけれど、うまくできなくて苦手な検査だった。最後に先生から診察結果の説明があり、それを聞き終え私は放心状態のまま涼介さんが待つ車へ戻る。足取りは宙に浮いたようにふわふわして、今はなにも考えられない。頭の中は真っ白だ。

「すみません、おまたせしました」

「おかえり」

助手席に座ると、はぁと大きく息をついた。涼介さんは「どうだった?」と尋ねてもいいかどうか躊躇しているような、早く結果が知りたいというような顔をして、手にしていたスマホをポケットにしまった。

「あの、先に見てもらいたいものがあるんですけど」

さっそく、バッグの中から先ほど先生からもらったあるものを取り出して、涼介さんの顔の前でパッと広げて見せた。

「こ、これって……」

「妊娠届出書です。妊娠二ヵ月ですって」

彼はそれを食い入るように見つめ、表情も変えずしばらく無言だった。いきなり見せられた物に思考が追いついていない、といった感じだ。

『おめでとうございます。正常に妊娠が確認されましたよ』

宮村先生からそう言われた瞬間、頭の中であれこれ考えていたすべてのことが吹っ飛んだ。何度も「本当ですか？」と尋ねると、ちゃんと胎嚢も心拍確認できたとニコニコ顔で伝えられた。嬉しさのあまり涙が溢れ、情けなくも宮村先生の前で泣いてしまった。まだ安定期に入るまで油断はできないのはわかっているけれど、赤ちゃんを授かることができただけでも感激でいっぱいだった。

「これからの検査について説明を受けてきました。出産予定日のことも……涼介さん？」

一瞬、ほんの少し顔が歪んだかと思うと涼介さんはシートに背中を預け、そして片手で目元を押さえた。

「あ、あの、どうしたんですか？」

「見るな」

「え？　わっ」

身を乗り出して顔を覗き込もうと思ったら、それを阻むようにガバリと抱きしめられる。

「今、めちゃくちゃ情けない顔してるから」

涙声を振り絞るかのような吐息交じりの掠れた声だった。

涼介さん、もしかして……泣いてるの？

こんな彼の姿、初めてみた。涼介さんの想いが私の胸にじんと染み渡って、また瞳が濡れてきた。私だって嬉しい。愛する人の子を宿すことができたんだから、こんな幸せなことはない。

「君は毅然と振る舞っていたが、今までどんなつらい思いをしてきたか俺は知っている。ただ見守ることしかできないのがはがゆくて……だから子どもを授かることができて嬉しい。これってほんとに夢じゃないよな？」

「ふふ、夢じゃないですよ。現実です」

少し身を離して鼻先同士をこすり合わせる。そのとき、私は大事なことをふと思い出した。

「そうだ！　今日は涼介さんのお誕生日ですよね、おめでとうございます。すみません、バタバタしてしまって、プレゼントも買いに行くつもりにしてたんですが……」

予定が狂ってしまった。せっかく姉から教えてもらったレストランも結局予約できずじまいでなにもしてない。申し訳なく思っていると涼介さんが静かに首を振った。

「なに言ってるんだ。君は俺に最高のプレゼントをくれただろ？」

「え？」

涼介さんが優しく目を細めて囁く。

「ほら、ここに。俺には十分すぎるくらい、一生の宝だ」

まだ膨らんでいない私のお腹に彼が手をあてがう。その手のひらから温かさが伝わって全身がこの上ない幸せで包まれる。

「君のことも子どものことも俺が守る。誓うよ」

「涼介さん……」

じんわりと目頭が熱くなり、滲む目元を人差し指で拭った。

涼介さんとなら、きっと大丈夫。どんな困難も乗り越えていける。真行寺さんのことだって、あれは彼女の嫌がらせできっと嘘。だって、私はこんなにも愛されているんだから……。


うぅ、気持ち悪い、なにもこんなときに……。

ミーティング中に抜け出し、化粧室へこもって数十分。

日を追うごとにつわりは想像以上にひどくなっていき、いっとき調子がよくなってもまたなにかの拍子に吐き気に襲われた。涼介さんも気を遣って、匂いに敏感になっている私の前で飲食を控えたり、家事はもちろん私のして欲しいことをいつも聞いて協力してくれた。役所へ妊娠届も一緒に出しに行って、職員さんに『おめでとうございます』とお祝いの言葉をもらったらなんだか照れくさくなった。

早く戻らなきゃ……いつまでもこうしてはいられない。

涼介さんからつわり休暇の届けを早く出すように言われているけれど、私が彼の子どもを妊娠していることが社内に知れたら、また噂に振り回されることになる。

シンクに手を付き、気合いを入れてミーティングに戻るべくパッと顔を上げる。すると、鏡に映った自分の顔の横に高村主任が立っていた。

「びっくりした……すみません、今戻ろうと思ってたところで――」

「ミーティングは終わったわよ。それより……ひとつ聞いていい？」

胸の前で腕を組み、高村主任は怒っているとも困っているとも取れる表情で私を見る。コツコツとヒールを鳴らし、私のそばに歩み寄ると一拍置いて口を開いた。

「単刀直入に聞くけど、広瀬さん妊娠してない？　これは大事なことだから隠さないでちゃんと正直に話して欲しいの」

あまりにも的を射た直球が私の胸を打ち、声も出せなかった。目を見開いたまま固まっていると、これを肯定と捉えた高村主任の表情がふっと緩んだ。

「やっぱりそうなのね？　それで、相手は藤堂ＣＥＯなの？」

なんの迷いもなく彼の名前が出てくるということは、当然高村主任も噂を耳にしているということだ。彼女は私の上司だし、報告するにしても二ヵ月では早すぎる。だからせめて安定期に入ってからにしようと思っていた。

「……はい」

でも、もうここまできたら隠せない。潔く認めよう。すると、高村主任が私の両手を取り、ニコリと笑って嬉しそうにブンブンと上下に振り出した。

「おめでとう！　ひょっとしてそうなんじゃないかなーって思ってたのよ。私は広瀬さんのこと応援してるし、赤ちゃんができたなんて喜ばしいことじゃない」

つわりなどの身体的変化で業務に支障をきたしたり、女性社員が妊娠することは会社にとってマイナスだと思っていたから、高村主任の反応は意外で呆気に取られた。

「色んな考え方の人がいるし不安な気持ちはわかるけど、でも今が一番無理をしちゃいけないときよ、仕事のことなら心配しないで大丈夫だから」

「はい。ありがとうございます。それにしても高村主任、どうして私の妊娠に気づいたんですか？」

すると、高村主任は腰に手をあてがい、はぁ、とため息をついた。

「私も子ども三人いるでしょ？　そのときかなりつわりがひどくて……だからなんとなくわかったのよ。私は広瀬さんの上司であり先輩ママだから、なんでも相談してね」

あぁ、良き理解者がこの人でよかったな……。

心強く温かなその言葉に感謝して、私は高村主任と今後の出勤について話し合った。

先日、あまりにもつわりがひどくて宮村先生に相談したら、休暇の申請を勧められた。十三週あたりから流産のリスクは減ってくる。それと同時につわりもピークを脱する頃だと言われた。下手に無理をして流産にでもなったら大変だ。ただでさえ妊娠しにくい体質で授かった命なのだから、と私は休暇を申請することにした。

数日後。

「じゃあ、とりあえず明日から一ヵ月お休みね。大丈夫よ、部署の誰かに聞かれたら体調不良で有休って言っておくから」

「すみません、ありがとうございます」

高村主任の目配せにペコリと頭を下げる。まだ安定期に入っていない状態だ。早々に部署の人たちに妊娠の報告をするのは、万が一のことを考えたらリスクがある。

休暇を取ると涼介さんに話をしたら「そのほうがいい」と心底ほっとした顔をしていた。休みに入るにあたり、現在自分が抱えている仕事をどうしようか考えていると、なにも言わずに今井君がすべて請け負ってくれた。勘の鋭い美佳は私が最近、仕事中に化粧室にこもることを不審に思っていたらしく、すぐに妊娠しているのでは、と気づいたらしい。

今日は休暇に入る前日。仕事が終わり寄り道せずに帰宅すると、玄関にピカピカに磨かれた涼介さんの靴があった。

「ただいま」

あれ、もう帰ってきてるのかな？

すると閉められたドアの向こうからなにやら話し声が聞こえてくる。私はなんとなくリビングに入りづらくて足をピタリと止めた。

「あのなぁ、なんでそういうことを俺に頼むんだ？　え？　そりゃ心配は心配だけど、だからってなぁ……」

誰と話しているんだろう？

いつも穏やかな声とは対照的だ。気の置けない相手と話しているのか、遠慮のないぶっきらぼうな口調だった。

「澪、いきなりそんなこと言われても困るんだが……」

え……？　今、澪って言わなかった？

真行寺澪。その姿が脳裏に蘇る。頭の中で彼女がニッと笑った気がして、それを掻き消すように首を振る。

ううん、聞き間違いかもしれなし。きっと気のせいだよね。

「あー！　もうわかったわかった。あぁ、じゃあな」

それから話し声がしなくなった。詰めていた息をそろそろと吐き、そのタイミングでリビングのドアをそっと開ける。

「ただいま」

「おかえり、体調はどうだ？」

「ええ、大丈夫です」

微かに苛立った顔で通話の切れたスマホをじっと見ていた涼介さんが、私の姿を見るなり眉を上げた。いつもなら誰と電話していた。と涼介さんのほうから言ってくるのに今の電話の相手に関してはなにも触れなかった。藤堂社長と話していた感じでもないし、そう思うとなんだか胸がモヤッとする。

「結衣、顔色が悪くないか？　食欲がなくても少し食べないとだめだぞ？」

「ええ、わかってはいるんですけど……でも冷奴なら食べたいです」

「え？　また？　今朝も食べてただろ？」

妊娠すると食べ物の好みが変わるのはよく聞く話だ。実際そんなに好みが変わったりするのかな、と懐疑的だったけれど今それをひしひしと実感している。今まで冷奴なんて一年に数回食べるくらいだったのに、冷たくて喉ごしがいいからか最近、毎日食べるようになった。

「わかった、今から用意するから座って。それと君が帰ってくる前に野菜スープを作っておいたんだ。栄養もちゃんと考えなきゃいけないしな」

涼介さんは今まで業者にすべて頼んでいたから自分で家事をしてこなかった。だけど、いざやってみると私が口出しする隙もなく料理や掃除を完璧にこなした。おかげで私は楽をさせてもらっている。

「明日から休みだろ？　今までずっと頑張ってきたんだ。ゆっくりするといい」

「そう言ってもらえると気が楽です。いきなり明日から会社に行かなくていいとなると、なにしていいかわからなくて……」

弱り顔で笑いながら用意してもらった冷奴をひとくち食べる。野菜スープも美味しそうで、どういうわけか涼介さんが作ってくれた食事はまったく吐き気を感じないから不思議だ。

「涼介さん、色々ありがとうございます」

食事が終わり、ソファに座る彼の膝の上に頭をのせているとウトウトしてきた。まるで雲の上にいるみたいだ。つわりが始まったと同時に眠気もひどくなり、寝ても寝ても眠い。立っていても寝てしまいそうになるくらいだった。

「いいんだ。俺にできることならなんでも言ってくれ」

こめかみにキスを落とされ、心地がいい。先ほど彼が電話をしていた相手は誰なのか、まだほんの少し気にはなっていたけれど、この安心感がすべて押し流してくれた。

「おやすみ」

優しく髪の毛を梳かれ、私は眠りの淵へと落ちていった。


今日は検診日。

妊娠初期の段階では四週間に一回の受診で、出産に近づくにつれて受診の回数が増えてくる。

「広瀬さん、ちょっと貧血数値が下回ってますね」

宮村先生が血液検査の結果を見ながらうーんと唸っている。

「え、貧血?」

今まで貧血になったことなんてなかったから驚いた。

「つわりで食欲がないのもわかりますが、貧血は胎児への影響もあるので……鉄剤を処方しておきますね」

母体が強い貧血になると、赤ちゃんに十分な酸素を送れなくなるらしい。かと言って家でじっとしているのも運動不足になってしまう。

ちゃんと体調管理しないとだめね……。

もう自分だけの身体ではない責任を実感し、三日後にまた検診に来ることになった。

それから今度の運動のことも聞いてみた。

体調的にはまだ不安定ではあるけれど、十六週目くらいに入ってきたら無理をしない程度で運動を始めてもいいと宮村先生に言われた。少し貧血気味ではあるものの経過は順調で、受診を終えてたまたま掲示板にあった〝マタニティビクスのお知らせ〟に目が留まる。

運動は苦手だけど体力づくりはもちろん、肥満予防や血液循環を促すため適度に運動することは必要だ。

涼介さんに相談してみよう。

掲示板のポスターをスマホの画像に収め、エントランスに足を向けたそのときだった。

廊下の奥にある診察室からスラッと背の高い男性が出てきた。よく見ると……。

え、涼介さん？　どうしてここに？　今日、診察日だって言ってなかったと思うんだけどな。

彼は私に気づいておらず、声をかけようとして一歩踏み出した。

「りょ……っ!?」

診察室から続いて出てきた女性を見た瞬間、出かかった言葉が喉の奥で凍りついた。

あの人は……真行寺さん？

ふたりがこちらへ向かって歩いてくる。私は咄嗟に廊下の角に身を寄せて隠れた。

ドクンドクンと波打つ心臓を押さえつけ、ちらっと顔だけ覗くようにして様子をうかがう。

「順調そうでよかったな、そろそろ産まれるんだってな」

「うん、仕事忙しいのに付き添ってくれてありがとう」

楽しげに会話を交わしながら、私の存在に気づかずにふたりは病院を後にした。

ど、どういうこと？

よろっと壁に手をつき背中を押しつけて、そのままずるずるとしゃがみこんでしまいそうになるのをなんとか堪えた。私は涼介さんの婚約者、彼を愛しているし愛されている。その自覚があったらこんなふうに隠れたりなんかしない。

どうして、涼介さんが真行寺さんと一緒に病院にいるの?

考えれば考えるほど息苦しくなってきて、ふらふらとロビーのソファに座った。

『涼介君は私の婚約者でこの子の父親でもあるんです』

涼介さんが与えてくれる幸せが、私の胸に巣食っていた不安や恐怖をすべて消し去ってくれたはずだった。妊娠がわかったときもふたりで喜び合った。もう彼女の存在はなかったことになっていたのに、実際この目で見てしまった。傍から見れば、ふたりは仲睦まじい夫婦に見えただろう、その光景が頭をガンガンと殴りつけてくる。

一度は疑ったけれど、今まででうまくやってこられたし涼介さんも私に優しくしてくれた……信じようって思った。でも、やっぱり真行寺さんが言っていたことは本当だった。結局、涼介さんが見つめていたのは私ではなく……彼女だったのだと、そう悟った。

自然と視界がぼやけ、顎から涙が滴り落ちる。現実を受け入れられず、考えれば考えるほどわけがわからなくなって、私はとうとう両手で顔を覆ってしまった。

やだ、病院で私、なにやってるんだろう……。

今にも口から溢れ出しそうな嗚咽を何度も押し殺し、喉をひくつかせる。

しっかりしなきゃ、泣いていたらきっとお腹の子に心配させちゃうね。

私はなにも見なかったし聞かなかった。そして何事もなかったようにして家に帰ろう。そう気を取り直し、私は目元を拭って病院を出た。

「ただいま」

涼介さんは私の身体を気遣って、最近は出張もなるべく控えて早めに帰宅するようになった。

「おかえりなさい」

いつもなら一緒にいられる時間が長くなって嬉しいと思えるのに、彼の顔を見るとどうしても真行寺さんと病院にいた光景を思い出してしまう。ちゃんと笑顔でいたいのに、顔が引き攣ってうまく笑えない。

「今日も忙しかったですか？　ゆっくり休んでくださいね」

「あぁ、ありがとう。午前中からずっと外出していて、ついでに夕食は取引先の社長と食べて来てしまったんだが、結衣は？」

今日、病院にいましたよね？　そう尋ねたくても言葉が出てこない。真行寺さんと病院にいたことを〝外出〟という括りで誤魔化された気になって表情が曇っていくのがわかる。

「今日、検診日だったんです。赤ちゃんも順調ですよ」

心配をかけたくなくて貧血気味であることは伏せ、同じ日に病院に行ったことをそれとなく告げるけれど、涼介さんは特に顔色を変える様子もない。

「そうか、それはよかった」

「それはよかったって……それだけですか？」

どうして真行寺さんのこと話してくれないの？

悲しみの感情より、腹の底からムカムカとした苛立ちが募る。いつもならもっと冷静でいられるはずなのに、剣のある口調に涼介さんが私に向き直る。

「結衣、どうした？　なにかあったのか？」

機嫌が悪い。そう感じ取ったのか、心配そうな彼の表情にハッとなる。

私、なに言ってるんだろ……そんな言い方するつもりじゃなかったのに。

無意識に発してしまった言葉を後悔し、「ごめんなさい」と小さく呟く。すると彼はするりと目を細め優しく微笑んだ。

「きっと情緒不安定になっているんだ。どんな些細なことでもいいから、ちゃんと話してくれないか？　俺もできるだけ君の気持ちをわかりたいんだ」

情緒不安定？　私が？

赤ちゃんを育てるための女性ホルモンが不安感や情緒に影響する話は知っている。感情もコントロールできなくなって、夫と喧嘩したという体験談も雑誌でも読んだ。

すべては妊娠のせい……。

そう思うとやりきれなくなる。これ以上涼介さんの前にいたら心にもないことを口走ってしまいそうで、私はそのまま寝室へ逃げ込んだ。

「あ、おい、結衣！」

あぁ、私馬鹿みたい。身体もきつくて精神的にもきつい。それを彼に当たるなんて最低だ。涼介さんは私を心配して歩み寄ってくれているというのに、どうしてあんな態度をとってしまったのだろう。

ベッドにもぐり込むと、涙がどっと溢れてきた。こんなことじゃ、いいママになんかなれない。

何度も何度も溢れてくる涙を拭っているうち、私はそのまま眠りについた。


翌朝。

「おはよう」

昨夜、険悪な雰囲気を作ってしまった後ろめたさを引きずりながらリビングへ出ると、涼介さんが何事もなかったかのように出勤の準備をしていた。

「おはようございます」

結局、あれから涼介さんは寝室に入って来なかった。そっとしておこうという気遣いだったのか、彼はひと晩ソファで寝ていたようだ。

「あの、昨日はすみませんでした」

なんとなくバツが悪くて俯いていたら、涼介さんがネクタイをスッと手渡してきた。

「気にするな。いつものようにネクタイを締めてくれないか？」

後腐れのないその笑顔に小さく微笑んで、私は慣れた手つきでネクタイを締めた。

「いってらっしゃい」

会社へ向かう彼に明るく笑ってみせる。いつまでも淀んだ空気のままでは涼介さんにも嫌な思いをさせてしまう。彼が出て行った玄関のドアをじっと見つめながら、はぁと重いため息をついた。

貧血の検査のため、明日は病院へ行くことになっている。それ以外はどこにも出かける気になれず、今日は一日ベッドでゴロゴロしていた。すると、スマホに着信があり手に取ると、それは姉からだった——。

『ええっ!?　妊娠してるって？』

色々あって、涼介さんの誕生日のためにレストランをピックアップしてくれたお礼をすっかり言い忘れていた。まだ予約をしていないと知った姉にその理由を問われ、私はぽつぽつと事情を話した。

『ちょっと、妊娠だなんて……聞いてないわよ』

案の定、姉は電話の向こうで絶句していた。

籍もまだ入れてないのにいきなり妊娠だなんて、びっくりするよね……。

姉は彼氏と順調のようで、楽しく毎日を過ごしていた。だから、私も同じく幸せなんだろうと思っていたらしい。誰にも話せない胸の内を涙を堪えて話すと、姉はしばらく黙っていた。

『その許嫁のこと、彼に直接聞いたの？』

第三者に話したら、きっとみんなそう言うだろうと思う。だけど、自分が弱いせいでなにも出せていない。姉はいざというときに引っ込み思案になってうじうじする私の悪い癖も知っている。

『結衣が好きになった人がそんなことするとは思えないんだけど、早とちりかもしれないじゃない？』

早とちり。何度もそう自分に言い聞かせて思い直してきた。だけど、病院にふたりでいたのは事実だ。

『とにかく、妊娠初期は一番大事な時だから、あまり思いつめないようにね』

「わかった。ありがとう、話を聞いてくれて」

これ以上姉と話をしていたら、情けない弱音を延々としてしまいそうになる。

『私に話すのもいいけれど、ちゃんと彼氏と話をしなさいよ？』

そうだ。涼介さんになにも言わずに自分で思い込むのは一方的過ぎる。結婚を決めた相手だからこそ、大事なことは話さないと。

姉に諭すような口調で言われ、姿勢を正すとなんだか元気が出てきた。私はお礼を言い、調子がよくなったら食事に行こうと約束をして電話を切った。


——待って！ 涼介さん、行かないで！

——ごめん、ずっと黙っていて、君とは結婚できないんだ。

——俺には澪という婚約者がいる。子どももいるんだ。

——涼介さん！

「ッ!? ……ゆ、夢？」

ビクリと身体を震わせて勢いよく目を開ける。徐々に焦点が合うと見慣れた寝室の天井が見えた。

もう朝か……はぁ、最悪な夢だったな。

夢だとわかった途端、身体からいっぺんに力が抜けた。

辺りを見渡すと、寝室には私しかいなかった。部屋の中に暖かな陽の光がカーテンの隙間から射しこんでいる。いつから寝てしまったのか、今何時なのかもわからない。

天井に目を向けたまま額に手の甲を当てるとじっとりと汗をかいていて、張り付く髪の毛に不快感を覚える。楽しい夢に限って目が覚めるとモヤがかかったように思い出せないのに、今朝の悪夢はその表情さえも鮮明に記憶に残っていた。それは、私を置いて涼介さんが真行寺さんといなくなってしまう悲しくて切ない夢だった。いくら走っても手を伸ばしても、ふたりには追いつけなくて、夢の中で何度も彼の名前を呼び、そして泣いていた。

夢でよかった……。

まさか、予知夢では？とネガティブな思考になりそうになるのをギュッと目を瞑って押し殺す。天井を見上げながら、私は長いため息をついた。

時刻は八時。

【おはよう。よく眠っていたな、起こさずに仕事へ行くよ】

スマホを手に取り、一時間前に入っていた涼介さんからのメールをチェックする。

この時間から出かけるということはおそらく朝から会議があるのだろう。

そうだ、今日は診察日だった。

重だるい身体を起こすと一瞬クラッと眩暈がした。今日もあまり体調はよくなさそうな予感に、私はパンと頬を両手で挟んで気合を入れた。

結衣、今日は病院に行く日なんだからシャキッとしなさい！　それから私自身が前に進むため、涼介さんに真行寺さんのこと聞いてみよう。たとえそれがどんな答えだったとしても受け入れる覚悟をしなければ、と自分に言い聞かせる。

とにかく汗でべたついた身体をなんとかするべく、私はシャワールームへ向かった。


外に出ると今日は思いのほか日差しが強く、少し歩くだけでも小汗をかいた。貧血予防に出された薬も飲んではいるけれど、シャワーを浴び終わった途端に気持ち悪くなって薬も飲めなかった。何度かそういう日が続いているせいか、貧血が改善されているような気がしない。その証拠に足元がふらつき、すんなり歩いて行けるような病院までの道のりもやっとの思いでたどり着いた。

受付を済ませ、ソファに座る。

鉄剤を飲むとどうしても吐き気がしてならない。副作用なのかもしれないけれど、宮村先生に相談してみよう。

そんなことを思いながらふと、顔を上げたときだった。

ッ!? あれは……。

長い髪を揺らし、エントランスから出て行こうとする女性に目が留まる。

まさか、真行寺さん？

既視感のある後ろ姿に心臓が鷲づかみにされた気分になって、ブラウスの上からギュッと胸を押さえつける。苦しいくらいに高鳴る心臓を宥めていたら、「広瀬さん、どうぞ」と診察室のドアが開いた。どうして彼女と同じ病院なのだろう、会いたくない人を目にして動揺したせいか、頭の中に真行寺さんから言われた言葉が次々と蘇ってくる。

『私、涼介君の婚約者なんです』

『お腹の子、男の子なんですよ。涼介君のお父様も後継ぎができたって喜んでくれて』

やだ、やだ……そんなこと、信じたくない。

「ねぇ、あなた大丈夫？ 顔真っ青よ？」

ふと、隣にいた女性に声をかけられハッと我に返る。

「え、ええ、大丈夫です」

咄嗟に逸らした視線を恐る恐る髪の長い女性がいたほうへ向けると、もうすでにその姿はなかった。

気のせいだよね、きっと見間違いよ。名前を呼ばれたから行かないと。

「本当に大丈夫？　すごい汗よ？」

心配そうに私を見つめる隣の女性になんとか笑ってソファから立ち上がった瞬間、一気にありとあらゆる周りの音が聞こえなくなった。まるで耳に綿を詰めたような感じで、心臓の鼓動だけが鼓膜に響いている。頭もやけに重たい。次第にいくら目を見開いてもチカチカと視界が不鮮明になってきて、身体がグラついた。

倒れる。そう思ったと同時に私は咄嗟に赤ちゃんを庇うようにお腹を掻き抱いた。

そして床に打ちつけた衝撃が身体に走り、目の前が真っ暗になっていく。その中で「ちょ、ちょっと！」と慌てる女性の声を聞いたのを最後に、私の意識の糸がプツリと切れた。

――ママー！　起きて、ねぇ、起きてよ。

――もう、いつまで寝てるの？　ママってば！

「……ん」

男の子なのか女の子なのかわからない子どもの声に、沈んでいた意識がふわふわとあがっていく。うすらと目を開けると、私は見知らぬ部屋にいてベッドに寝かされていた。

「痛っ……」

身じろぎしようと身体を少し動かしたら、肩に激痛がして顔を顰めた。

「結衣、目が覚めたのか？」

え、この声は……涼介さん？

声が聞こえたほうへゆっくり視線を向けると、眉尻を下げ安堵したような涼介さんが椅子から腰を上げて私を覗き込んだ。

「大丈夫か？　まだ動かないほうがいい、ここは君が通っている病院だ」

「え？」

寝そべりながら視線だけを動かして辺りを見渡す。椅子に座る彼と反対のベッドサイドには点滴台が見えた。ポタンポタンと落ちるなにかの薬剤がチューブを伝って私の腕へ流れているようだ。

「君は診察前に病院で倒れたんだ。連絡をもらってすぐに駆けつけたが……安心しろ、お腹の子も大丈夫だ」

冷たくなった指先温めるように、彼が私の手を握る。

そうだ、私……。

頭の中で記憶を巻き戻し、倒れる前のことを思い出す。

真行寺さんに似た女性の後ろ姿を見たら急に息苦しくなって、それら先のことはあまり覚えていない。

赤ちゃんに支障がなくてよかった……。

倒れてから私の身になにが起きたのか涼介さんに告げられて、心底ホッとする。

「結衣がちゃんと子どもを守ってくれたからな、その代わり……君は肩に打撲を負った」

「この子が無事なら、私はどうなってもいいんです」

倒れると察した瞬間、私は無意識にお腹を庇った。それはなんとなく覚えていて、ずっと頭の中で聞こえていた子どもの声は、きっと……。

すると涼介さんが呆れを滲ませたようなため息をついた。

「子どもも大事だが、自分の身体ももっと大切にしないとだめだろ、君になにかあったら俺は気が気じゃない」

珍しく強い口調で言われて胸がズキンとする。お腹の中で、この子を守れるのは私しかいない。それなのに、自分がどうなてもいいだなんて言ってしまったことを反省する。

「すみません、自覚が足りなかったですね」

「それに……」

私を凝視したまま、涼介さんの眉の間に影が落ちる。

「君の体調に気づかなかった俺も悪いが、ずっと貧血だったんだろ？　主治医から話は聞いた。その点滴は鉄剤だ」

貧血といってもたいしたことはないだろう、涼介さんに心配をかけたくない思いで黙っていたけれど、彼は不満げな表情で訴えかけた。

「順調だと言っていたから安心しきっていた。でも、どうして言ってくれなかったんだ。俺は結衣を支えるため、そんな頼りない男でいるつもりはないぞ」

「そんな、頼りないだなんて思ってません」

「最近の君の様子もおかしいし、なにか話したいことがあるなら言ってくれ」

貧血のことはとにかく、真行寺さんの存在を自分の中で抑え込むことはもう限界だった。ふつふつとしたものが込み上げてきて、私はグッとシーツを握りしめた。

「涼介さんこそ、私にずっと黙っていることがあるんじゃないですか？」

「え……」

そんな返答をされると思っていなかったのか、彼は虚をつかれた顔をして私を見た。

「前に真行寺澪さんという方が会社に来て、一緒に食事をしたんです。そのときに言われました。私は涼介君の婚約者で、彼の子を妊娠していると」

「なんだって？」

彼女の名前を口にした途端、彼の肩先がピクリと反応した。すぐに顔見知りであるという事実がわかり、私は唇を噛み締める。ここで取り乱してはいけないと、敢えて優しい口調で話しを続ける。

「先日、涼介さんと真行寺さんがここの病院にいるところも見かけました。彼女が本妻なら、私はこの子をひとりで産み育てるつもりです」

「ち、ちょっと待ってくれ」

「もう隠さないでください。私が、私が今までどんな気持ちだったか……」

鼻の奥がツンとしてくしゃりと顔を歪めると、どっと涙が目尻からこぼれ落ちた。こんな泣き顔なんて見られたくないのにうまく身体が動かせなくてもどかしい。一度口先が緩んでしまえば、あとは止める間もなく胸にため込んでいたものを一気に吐き出すだけだ。

「いいんです。涼介さんには幸せになってもらいたいから……私と結婚するよりも真行寺さんと一緒になってください。藤堂社長も真行寺さんの妊娠を喜んでいらっしゃるみたいだし、もう別れてくださ――」

「結衣、待てと言っているだろう」

ピシャリと私の言葉尻を奪い、涼介さんが強制的に遮った。

「いったい君はなんの話をしているんだ？」

なんの話って、私が冗談を言っていると思ってるの？

怒りの感情よりも悲しみで胸が押しつぶされそうになる。涼介さんは私に話す言葉を考えているといったようにしばらく黙り込んで、やがてため息にも似た長い息を吐いた。

「君はその話を全部信じているのか？」

真顔で言われて言葉に詰まる。自分の言ったことは間違っていたのかと、一瞬そんな予感が胸に過る。

「真行寺さんは良家のお嬢様なんですよね？　立ち振る舞いも上品だし、藤堂家とは家族ぐるみの付き合いがあるって……」

「あぁ、彼女は藤堂商事の取引先である大企業社長のひとり娘で、昔からうちと関わりがあるのは事実だ」

やっぱり令嬢で彼とは幼馴染だったんだ。と自分との身分の差を感じて心が萎える。

「涼介さんと許嫁だっていうのは……」

「それも本当だ……いや、本当だった。というほうが正しいな」

「え？」

だった。という言葉に違和感を覚える。真行寺さんは現在進行形みたいな言い方をしていたのに。

きょとんとしている私を見つめ、涼介さんがゆっくりと首を振った。

「俺と彼女が許嫁というのは親同士が勝手に決めたことだ。もう何年も前にきっぱり断って、その話は両家の間で終わっている。それにあいつにはちゃんと旦那もいるしな」

旦那って、どういうこと？

真行寺さんって結婚してるの？

すっかりわけがわからなくなって、私は何度も目を瞬かせた。

結婚指輪、してたっけ？

真行寺さんと一緒に食事をしたときのことを思い出すけれど、左の薬指に指輪があったかどうかは記憶にない。

「先日、彼女が旦那と喧嘩をしたからといって俺に電話をしてきたんだ」

すると涼介さんが申し訳なさそうな顔で告げた。

「甘えているだけだと思って断ったが、どうしても一緒に病院に付き添って欲しいとせっつかれて……あいつも身重だし、話を聞くついでに仕方なしに付き添ってしまったが、結果として君に嫌な思いをさせてしまったな。すまない」

真行寺さんも私と同じ妊婦だ。ひとりで病院へ行く不安もわかるし、仕方なしにとはいえ結局付き添うところは涼介さんの優しさだ。困っている人を無視できないのは私も同じ。だから涼介さんに怒って責めることはできなかった。

「彼女のお腹にいるのは俺の子じゃない。幼馴染で長い付き合いではあるがこれだけははっきり言っておく、俺と彼女の間に男女の関係はないし、やましいこともない。しかし、そう思っていたのは俺だけだったんだな……君に誤解を招く行動をしたのは謝る」

真摯に頭を下げられ、彼の弁明に私はポカンと呆気にとられた。そして急速に自分が思い込んでいたものが揺らぎ始める。

じゃあ、真行寺さんが言っていたことは全部嘘だったの？　どうか信じて欲しい」

「理解してくれたか？　俺が愛しているのは結衣だけだ。今まで涼介さんを疑っていた後
まっすぐな視線で見つめられ、心臓が跳ね上がる。今まで涼介さんを疑っていた後ろめたさと、恥ずかしさが相まって申し訳ない気持ちが込み上げてくる。

涼介さんはずっと私を愛し続けてくれていたというのに、私はなんて馬鹿な勘違いをしていたんだろう。それに、私が真行寺さんとの関係を疑ったことで彼を傷つけてしまった。

「涼介さん、ごめんなさい……私、とんでもない誤解を……」

「許さない」

涼介さんが形のいい眉を歪め唇をキュッと結び、緊張が走る。

怒られる。

そう思った次の瞬間、彼が眉間を開き、目を細めてふっと笑った。

「冗談だ。どんなことがあっても君を嫌いになったりなんかしない。しかし、俺がどれだけ結衣を愛しているか、もう一度わからせる必要がありそうだな」

「え……」

「君がこんな状況でなければ、骨の髄まで抱き倒してお仕置きしたいところだ」

人差し指と親指を顎に当て、どんなお仕置きをしようかと思案しながらどことなく楽しげにしている。

「あ、あの、本当にごめんなさい。涼介さんを傷つけるようなことを言って……」

「いいんだ。君がなにをしようと言おうと俺はすべてを受け入れる。別れるって言うのだけ以外な」

彼が唇の端を押し上げると、互いに吹き出して笑い合った。私の中でシュルッと誤解の糸が解け、涼介さんの愛情に包まれる。

「それにしても、どうして真行寺さんは私にあんな嘘をついたんでしょうか？」

見ず知らずの相手にあそこまで言われる筋合いもないのに、彼女の考えていることがいまいち理解できなかった。

「去年、彼女は父親の勧めで食品メーカーの社長の息子と結婚したんだ。二十三にもなるのにまだ子どもじみたところがあって、きっと旦那も苦労しているに違いない」

涼介さんがやれやれといったふうに肩を下げる。

え、真行寺さんって二十三歳なの？　それにしてもすごく大人びて見えたけど……。

「渋々のお見合い結婚だったようで色々愚痴を聞いてやったりしたが、俺が君と付き合い出したという話を聞きつけて『どうして私じゃだめだったの』だの散々勝手を言われた」

そっか、真行寺さんは結婚しても涼介さんのことをずっと好きだったのね……。

真行寺さんの結婚はきっと政略結婚のようなものだったのだろう。好きな人と結ばれなかった彼女を思うと切なさが込み上げる。

「真行寺は思い立ったらとんでもないことをする。俺と許嫁が破談になったとき一週間家出したりして、彼女の親もほとほと手を焼いているみたいだ。それに……」

涼介さんは表情を曇らせ、うーんと小さく唸る。

「結衣に嫉妬するようなことも言っていたから、妙な真似をしないか気にしていたんだが……俺のほうから手を出すなときつく言っておく」

彼が心配するなというように、ベッドに横たわる私の頭を撫でた。その手は大きくていつだって温かい。猫のようにもっともっと鼻先を突き上げてその温もりをねだる。

思いを寄せていた人からほかの女性を庇うよなことを言われたら、彼女はどんな気持ちになるだろうとふと考えた。

私に嫉妬しているのは明らかだし、きっと傷つくんじゃないかな……それに火に油を注ぐようなことになるかもしれない。

「いいんです。涼介さん、真行寺さんにはなにも言わないでください」

私の反応が意外だったのか私の頭を撫でる彼の手が止まる。

「旦那さんと喧嘩してむしゃくしゃしてただけなんですよ、八つ当たりされたと思うことにします」

「八つ当たりって……君はそれでいいのか？」

「はい」

明るく笑顔でそう言うと、彼も諦めたように小さく苦笑いをして私の申し出に頷いた。

「君は本当に強いな。頼もしくて、きっといい母親になる。俺も結衣に倣っていい父親にならないとな」

ひたむきに私を見つめる彼の顔が近づいて、ゆっくりと目を閉じる。掠めるようにキスをされたら、急に眠気に包まれた。

「ゆっくりおやすみ」

「涼介さん、あい……してま、す」

優しく何度も頭を撫でられて、その心地よさに私は眠りに落ちていった。

妊娠十六週目になり、ようやく安定期と言われる時期に入った。この頃になってくると、あの地獄のようなつわりも憂鬱な気分も比較的落ち着いてきた。食欲も体調も妊娠前とさほどかわらない快適な生活に戻り、真上からお腹を見下ろすと少しポコッと出ていて「妊婦さんっぽい！　赤ちゃん大きくなってるね」と毎日のように涼介さんとその成長を喜んでいた。

「広瀬さん、貧血もだいぶ回復してきてますね。先日倒れたときはヒヤッとしましたけど」

宮村先生が眼鏡を押し上げて苦笑いする。

今日はつわり休暇が明ける前の診察日。本当に出勤しても大丈夫なのか確認検査に来ていた。

「その節はご迷惑をおかけしました。すみません」

ペコペコと頭を下げる私に宮村先生がニコリと微笑む。

「それにしても、広瀬さんの旦那様……になる予定の方かしら？　素敵な人ね。あなたが倒れたとき、目が覚めるまでずっと待ってるってものすごく心配なさってね」

あの日、涼介さんは朝早くから家を出たから会議なのかと思っていたけれど、実は九州に日帰りで出張だったらしい。それで病院から連絡を受けてすぐにプライベートジェットでとんぼ返りした。という話を涼介さんから聞いて、申し訳ない気持ちでいっぱいになった。

『出張はまた日を改めることができるが、君になにかあったら取り返しのつかないことになるかもしれないだろ』

『なによりも結衣のことが大事なんだ』

と、出張に穴を開けてしまったことを謝罪したら、この上なく優しく抱きすくめながら彼がそう言ってくれた。

「それで、明日から会社に出勤しても大丈夫なんでしょうか？」

経過に異常がないかどうかドキドキしながら尋ねると、宮村先生が私に向き直る。

「そうですね、体調も落ち着いてきてますし、復帰しても問題ないでしょう。それからあまり無理をしない程度に運動を始めましょうか、当院で行っているアクティビティの案内が受付にありますので、よかったら検討してみてください」

「はい」

仕事復帰の許可と運動の許可をもらって嬉しくなる。安定期に入るまでほとんど家にこもりっきりの生活が続いていたから、本当のところ身体を動かしたくてうずうずしていた。

「余談ですが、妊娠五ヵ月に入ったら安産祈願に行かれる方もいらっしゃいますよ」

安産祈願とは赤ちゃんが順調に発育して、流産などのリスクが少なくなることと、お産が軽く子だくさんの犬にあやかって戌の日に神社仏閣へ参拝する風習だ。

そういえば、腹帯を巻いて行くって話を聞いたことがあるな……。

私は安産祈願のことを念頭に置き、診察を終えると病院を後にした。


「安産祈願？」

その日の夜、貧血のこともあわせて宮村先生に言われたことをひと通り涼介さんに報告した。

「ええ、さっきネットで色々調べたら、八割以上の人が参拝に行ってるみたいです」

「わかった。じゃあ一緒に行くか、スケジュールを調整してみるよ。あいにく来週から一週間どうしても外せない出張が入ってしまって、参拝に行くとしてもその後になってしまうが……」

「大丈夫です。ありがとうございます」

涼介さんが了承してくれてよかった。やっぱり参拝に行くなら一緒に行きたい。そう思っていると、ソファに座る私の隣に彼が腰を下ろし、私の肩を抱いた。

「結衣」

低く改まった声で名前を呼ばれる。これから真面目な話をするのだとわかって私も姿勢を正す。

「君が妊娠していることはもう薄々ほかの社員も気づいている。これ以上俺たちのことを隠し続けるのは難しいと思う」

私も同じことを考えていた。藤堂ＣＥＯと付き合っている噂の上に、妊娠した身体で会社へ行けばきっとまた社員たちが色めき立つだろう。涼介さんはそのことを気にかけてくれている。でも、以前の私なら今度はなにを言われるか不安で心配で気を揉んでいたと思うけれど、今の私は何事も乗り越えられる気がした。

「大丈夫です。だって、私には涼介さんがいますから。私の味方はひとりで十分です」

「君ならそう言うと思ってたよ」

肩を引き寄せられてぐんと距離が近くなる。そして涼介さんは無造作に私の前髪を後ろに掻き上げると額に唇を押し当てた。

「唇にキスしたら歯止めがきかなくなりそうだから、せめてこれくらいさせてくれ」

鼻筋が通っているとか眉が凛々しいとか惚れ惚れする点は多々あるけれど、特に私が好きなのは薄くて引き締まった、それでいて蠱惑的な唇だ。それで私の唇を何度も啄み、身体の至るところを這い熱を植えつけられたかと思うと急に顔が火照り出す。

「あ、そういえば今日、正式に性別がわかったんです」

「えっ」

涼介さんが軽く眉を跳ねさせて身を離す。

「知りたいですか？」

「今すぐ知りたい」

産まれてからのお楽しみにする人もいるけれど、涼介さんはすぐに知りたいと即答した。

「女の子ですって、最近少しずつ胎動も感じるようになってきたんですよ。すごく活発で……あまりおてんばな子にならないといいんですけど」

子どもの頃、木によじ登ってスカートを破ってしまったり、レストランで姉とはしゃいで親によく怒られたなぁ。

そんな記憶が脳裏に蘇ると自然と笑みがこぼれた。

「女の子か、きっと君に似た可愛くて強い子になるだろうな、父親としては変な虫がつかないか気が気じゃないが……」

「ふふ、涼介さんってば、まだ産まれてもいないのにもうそんな何十年も先の心配してるんですか？」

思わずクスリと笑うと、涼介さんが少し気恥ずかしそうに小さく咳払いした。

涼介さんこそ子煩悩でいいパパになりそう。

「はぁ、週明けから出張なんて、本当はずっと君のそばにいたいんだが……」

「大丈夫ですよ、もう安定期に入りましたし、無理なことはしませんから」

きっと、前に私が貧血で倒れたことをまだ気にして心配してくれているのだろう。

「絶対だ。絶対に無理はしないと誓ってくれ」

「はい。しません」

ふと、産まれた赤ちゃんを腕に抱き、幸せそうに笑い合う私と涼介さんの未来予想図が浮かんで温かい気持ちに包まれた。

「なにかあったらすぐに連絡してくれよ」

「わかりました」

ごく自然な動作で首裏から肩を撫で下ろされ、そのまま彼は私を引き寄せる。ふわふわと夢見心地になると身体の芯が歩くほどけて、私はぽすんと涼介さんの肩に頭を寄せた。

「結衣、おかえり！」

久しぶりの出勤に少し緊張しながらオフィスへ入ると、美佳が笑顔で出迎えてくれた。

一ヵ月も仕事を休んでしまったし、その分頑張らないとね。私の仕事を引き継いでくれた今井君にもちゃんとお礼を言わなきゃ。そのとき。

自分のデスクのパソコンを立ち上げると同時に私宛に内線が入った。

「はい、広瀬です」

『藤堂代表取締役社長秘書の笹本です。社長が個人的に話がしたいとのことで、急で申し訳ないのですが今すぐに社長室へ来ていただけますか？』

いきなり社長秘書から内線を受け、受話器を持ったまま動きが止まる。

「え、社長が？」

思わず声が上擦りそうになって慌てて口元を押さえる。チラッと周囲に視線を投げてみたけれど、ほかの社員たちは仕事に集中していて聞き耳を立てるような無粋なことをする様子もなさそうだ。

「あの、藤堂社長が私になんの話が……」

『社長も午後から外出の予定が入っておりますので、とにかく社長室までお願いします』

そう言って一方的に内線が切れた。

「わかりました。すぐにお伺いいたします」

手短に電話を切ると一気に緊張してきた。藤堂商事に入社してから社長室どころか、その部屋があるフロアにさえ行ったことがない。藤堂社長がしたい個人的な話とは、きっと涼介さんとのことだろう、そんな予感を胸に私は社長室へ向かうべくオフィスを後にした。

「急に呼び出したりしてすまなかったね」

「い、いえ」

緊張する！

改めてみると藤堂社長は背恰好も涼介さんに似ていた。高身長で均衡の取れた体つき、背筋もピンと伸びていて親子揃ってかっこいい。

社長室は最上階にあり、ほかに役員室や上層部専用の会議室などがある。

「ドアプレートを来客中にスライドしておいてくれないか、それから君も席を外してくれ」

秘書の笹本さんが頭を下げ、私を置いて部屋を出て行った。

落ち着いた木目調のエグゼクティブデスクにサイドボードや書棚は高級感を醸し出していて、床から天井まで全面ガラス張りの部屋は照明がなくても日中は陽の光で明るく照らされていた。社長室は想像よりも重苦しくなく開放感があって、藤堂社長の趣味なのか全体的にすっきりとしたスタイリッシュなインテリアでまとめられていた。

「そこに座ってくれ」

応接用の黒い革張りソファに座るように促される。綺麗に磨かれた大理石のテーブルの上には、仕事でよく使うような茶封筒がぽつんと置かれてた。ゆっくりと藤堂社長が私の向かいに腰を下ろす。

「君に話があると言ったのは、その封筒の中身についてだ。開けてみてくれ」

藤堂社長に言われ、中身がなんなのか見当もつかずに開けてみる。そこには数枚の写真が入っていて、手に取ってみると私は短く息を呑んだ。

な、なにこれ……。

それは見覚えのない場所で私が見知らぬ男性の腕を組んで仲睦まじげに歩いている写真だった。同じようなものがほかにも何枚かある。明らかに隠し撮りのようだけれど、どうしてこんなものがここにあるのかわけがわからない。　しばらく写真を凝視したまま固まっていたら藤堂社長が長い脚を組んで口を開いた。

「君は涼介と交際していて、子どもまで妊娠していると言っていたな？」

「……はい」

そう返事をしたつもりだったけれど、喉の奥が張り付いたみたいになってうまく声に出せたかも定かではない。放心したまま写真に見入っている私に藤堂社長が深刻な表情になる。

「隣に写っている男は誰なんだ？　息子とは別人のようだが……」

そんなこと私が聞きたい。こんな人知らない！

「ある人物から、君が浮気をしているという証拠だと、先日その写真を渡された」

う、浮気!?

藤堂社長から告げられる情報に処理が追いつかない。すっかり血の気を失った顔は頭の中と同じように真っ白に違いない。

重苦しい空気と沈黙が社長室に漂う。このまま黙っていても仕方がない。私は声を発する前に小さく深呼吸した。

「この写真に写っている男性がいったい誰なのか私も知りません。こんな場所に行った覚えもありません」

これは紛れもない真実。藤堂社長は訝しげな顔をしている。こんなふうに否定しても堂々と嘘を言っているようにしか思われないだろう。

「そうか、それを裏付ける証拠でも？」

「証拠は……ありません」

写真に日付は記載されていなかった。私は半分開いていた口をゆっくりと閉じる。なにを言っても無駄だと直感でわかったからだ。せめて日時がわかれば、近隣の監視カメラなどで確認できたかもしれないけれど、どうやって潔白を証明すればいいのか頭を悩ませていると、藤堂社長がはぁと息を吐いてソファに背を凭れた。

「君も知ってのとおり、当社の上層部は藤堂家の分家で牛耳られている。ここだけの話、本家より質の悪い連中だ。私もうんざりするときがある」

藤堂社長がなにを言いたいのかなんとなく想像がつく。写真を見て呆気にとられたままの表情を無理やり改めようとしたけれど、頬が痙攣するばかりだった。

「この際だからはっきり言おう、申し訳ないが涼介の子を身ごもっておきながら浮気をするような軽率な女性を藤堂家に迎え入れるつもりはない。君のような無名の家柄のお嬢さんと涼介が結婚だって？　冗談じゃない」

藤堂社長は鼻を鳴らして首を振る。

「ましてや同じ会社の女子社員を妊娠させたなんて知られれば、涼介は親戚中から責められる。むろん、私の顔にも泥がつく。私の言っていることが理解できるかな?」

まるで子どもに諭すような口調で言われ、表情が張り詰めていくのがわかる。

「私をここへ呼んだのは、その話をするためですか?」

「そうだ。私も忙しい、だから手短に済ませよう。少しでも涼介を思いやる気持ちがあるのなら、これを受け取ってどうか身を引いて欲しい」

藤堂社長が胸のポケットから紙切れのようなものを取り出しテーブルに置くと、ズイッと人差し指でそれを私の目の前に滑らせた。

「え……」

私は目を見開いたままゴクリと唾を飲み込んだ。差し出されたのは新車で高級車が一台購入できるくらいの額が記載された小切手だった。

「妥当な金額だと思うが……足りないようなら遠慮なく言ってくれ」

それが手切れ金だということを悟ると、嫌な汗が背中をつぅっと伝っていった。

第十章　手に入れた幸せ

どのくらい時間が経っただろう。

藤堂社長は外出の予定があると言っていたけれど、かなり時間が押しているのではないか、そして私はこのことに関してどう返答すればいいのか、緩慢な思考を無理に働かせてみるけれど、良案どころか言葉さえ出てこなかった。

私が妊娠しているのは紛れもなく涼介さんの子。藤堂社長の孫になる。それなのに、こんな紙切れ一枚の小切手で切り離そうとするなんて、胸が張り裂けそうだった。

「子どもを育てるための養育費も別途支払おう。どうかまずはこの金額で清算して欲しい」

身に覚えのない写真のせいで私は信用を失った。弁明してもきっと信じてくれないだろうし、涼介さんと別れさせるための素材としては十分な理由になる。

私はどんな嫌がらせにも耐える覚悟はしていたつもりだったけれど、涼介さんが親戚中から受ける影響のことを考えると、反論できなくなった。

前に涼介さんが、私が仕事に復帰したら妊娠したことを隠しきれなくなると言っていた。すでに付き合っているという噂もあるし、上層部もそのことについて敏感になっているはずだ。

「それにねぇ、こう言ってはなんだが……」

藤堂社長の目が鋭く光り、ギュッと手を握って身構える。

「涼介は今、食品産業統括グループCEOという役職に就いているが、君の存在は彼の出世に大きく響くんだよ」

「出世に響くって……どういうことですか？」

言葉にしなきゃわからないのか、と言わんばかりに藤堂社長が大きくため息をつく。

「涼介が君と結婚として藤堂家になんの経済的メリットがある？　それに同じ会社の女子社員を妊娠させただなんて噂にでもなったら、当然涼介は上層部から睨まれる。今の地位から降格させられる可能性だってあるんだぞ」

藤堂社長が言うように、私は名家でもなんでもない平凡な家庭で育ったただの一般人……この子が涼介さんの子だって社内に広がれば、彼に迷惑がかかるんだ。

元々、涼介さんみたいな御曹司と釣り合うなんて思ってなかった。それでも彼が与えてくれる希望にすがって、身分なんて関係ないどんなことでも乗り越えて行こうと勇気づけられては何度も思い直した。けれど、実際はそんな綺麗事で済まされず、私の力ではどうにもできない弊害を目の前にすると、前向きな気持ちも気力も空気の抜けた風船のように萎んでいく。

私のことよりも、彼が不利になることや迷惑になることだけは避けたい。

好きな人と結ばれず、身を引かなければならない。今なら真行寺さんの悲しい気持ちが痛いほどわかる。

涼介さん、私……ずっと愛してますから――。

「手切れ金と言っては聞こえが悪いが、こちらの要望に応えてはくれないか？」

急かすように藤堂社長が指先で小切手を私の手前に近づける。私は生々しく記載された金額や銀行名、支店名にグッと喉を鳴らす。

「あの、私……」

ざわざわと落ち着かない心臓を宥め、大きく息を吸い込んでため息交じりに息を長く吐き出した。そして小刻みに震える唇を開く。

「この小切手は受け取れません。でも、私がお金に目がくらんで受け取って逃げたと、涼介さんにそう伝えてもらえませんか？」

言葉を発するたび、涼介さんがどんどん遠くへ行ってしまうような気がした。藤堂社長がどういうつもりだ、とその真意を問うようにじっと私を凝視している。

「そんな女だったと知ったら、幻滅して私たちの関係も終わるでしょう」

視界がぼやけ、涙がこぼれ落ちないように必死になっていると藤堂社長がうーんと唸った。

「君はそれで普通どおり、この会社で仕事を続けられるのか？」

一拍置いて私は力なく首を振る。涼介さんにそのことを伝えて、なに食わぬ顔でいられるわけがない。

「では、どうして欲しいんだ？」

優しさを含んだ穏やかな藤堂社長の声音はどことなく涼介さんに似ている。だから彼にそう言われているような錯覚に陥って鼻の奥がツンとした。

「手切れ金を受け取らない代わりに、できるだけ早く私を地方の支社に飛ばすよう、人事部にかけ合ってくれませんか？」

「辞令という口実で身を消すということだな？」

「はい、そのほうが得策だと思うので……」

これが本当に得策なのかはわからない。でも、辞令とすれば私が身を引くいい理由になる。

「わかった。ことを荒立てない君の賢明な判断に感謝するよ」

納得してくれたのか、藤堂社長はここでようやく眉間の皺を広げ満足げに微笑んだ。

はぁ、これで本当によかったんだよね……。

出張中の涼介さんのいない部屋は静まり返っていて灯りをつけても暗く感じた。

テレビもつけず、ソファに座ってなにを見つめるわけでもなくぼんやりとしていると、スマホが鳴った。

「もしもし、涼介さん？」

「結衣、お疲れ」

画面を見なくてもスマホを手に取っただけでその相手が誰なのかわかった。今一番声を聞きたかった人からの電話に、様々な感情が噴き出しそうになって堪える。

「長野《ながの》はまだまだ寒いな、そっちはどうだ？　問題ないか？」

今回、涼介さんは前々から難航していたプロジェクトを成功させるため、長野県にある藤堂商事管轄の工場へ出向いていた。

「まだ出張にでかけて一日しか経ってないんですよ？　ふふ、問題ないです」

自分でそう言っておきながら、もう何日も会っていないような気がして、昨夜、抱きしめられた温もりを思い出すと泣きそうになってしまう。

「明日、検診日なんです。マタニティビクスにも申し込みに行こうかなって」

「運動することと身体にいいことだしな、あ、それと安産祈願の日程も帰ってから決めよう」

「……はい」

涼介さんが出張から帰って来る頃、私はもうここにはいないかもしれない。遠く離れた地で新しい生活をしている送っているかもしれない。そんな思いが胸に過ると自然と声が落ち込んだ。

「結衣？」

「あ、いえ……あの、涼介さん」

彼は勘が鋭くほんのわずかな声や表情の変化も見逃さない人だ。今日の出来事を悟られまいと、慌てて私は明るく話を切り替えた。

「私のこと、愛してますか？」

「え？　なんだ急に、そんなの愛しているに決まってるだろ？　ふっ、もう寂しくなったのか？」

寂しい。本当は寂しくてたまらない。今すぐにでも会って抱きしめられたい。そしてキスをして、何度も「結衣を愛してる」と彼の口から聞きたい。

「私も愛してます、ずっとずっと……」

もっと涼介さんと話していたかったけれど、明日もお互い仕事がある。名残惜しく電話を切って深くついたため息が、部屋の壁にじんわり染みこんでいった。


翌日の検診日。

お腹の赤ちゃんは順調で貧血も改善されていると宮村先生に言われてホッとした。

「マタニティビクスを始めるんですね、いいことです。頑張っていきましょうね」

「はい。ありがとうございます」

検診が終わってそのまますぐに仕事へ向かわなければならなかった。宮村先生にお礼を言って、少し急ぎ足でエントランスへ出たところで私はピタリと足を止めた。

「……真行寺さん」

「広瀬さん、こんにちは」

可愛らしい笑顔で挨拶をされる。彼女も今日は検診日なのだろう。

あぁ、タイミング悪い……。

思わず心の声が漏れそうになって、私はギクシャクと不自然な笑みを作った。

「私、もう臨月なの。広瀬さんはどうしてここに？」

「定期健診です」

私のお腹もそこそこふっくらしていて妊婦だとわかるはず、真行寺さんの質問がわざとらしく聞こえて私は顔を曇らせた。

「定期健診？　そう、じゃあ……妊娠なさってるのね。この間、ショッピングモールのベビー用品売り場で偶然広瀬さんに似た人を見かけたんですよ」

え、やっぱりあのとき見かけた女性は、真行寺さんだったんだ。正面から見たわけじゃなかったから気のせいだと思ってたけど……。

「そのお腹の子は、誰の子ですか？」

「え？」

まさか、涼介君の子じゃないでしょうね？　と続きそうな口調に無言の圧力を感じる。けれど、私が妊娠しているのは紛れもなく……。

「涼介さんの子です」

包み隠さずそう告げたら真行寺さんが短く息を呑んだ。そして言葉もなく眉が吊り上げられ、彼女の美しい顔に不機嫌さが増すのがわかった。

「涼介君の子？　嘘言わないで」

「嘘じゃありません。嘘をついているのは真行寺さんのほうですよね？」

そう言い返すと小さく肩を揺らし、なんのことだとうそぶいてそっぽを向いた。

「涼介さんと以前は許嫁だったのかもしれませんが、両家で解消されてるし、お腹の子だって彼の子じゃなくて、旦那さんの子なんでしょう？　どうして裏切るようなことを言ったんですか？」

できれば真行寺さんには会いたくなかった。けれど、万が一鉢合わせするようなことがあったら、嘘をついた理由だけでも本人の口からちゃんと聞こうと思っていた。

「なによ、あのショッピングモールでも幸せ面して……」

「え？」

口元でボソッと呟いたかと思うと私をキッと睨み、弾丸のように鋭い声を飛ばしてきた。

「今の夫とは折が合わなくて離婚を考えているんです。別れたら涼介君と結婚するつもりよ。許嫁が解消されたって絶対に諦めない！　彼との子はこの子の次に産むことだってできるわ！」

クシャリと真行寺さんの顔が歪む。

本人はもしかすると笑ったつもりだったのかもしれない。私をあざける表情を浮かべたつもりだったのかもしれない。けれど、私の目にはどう見ても泣き出す直前のようにしか映らなかった。

「涼介君のお父様は寛大な人で、別の男性の子を身ごもっていると知った上で結婚を了承してくれた。なぜだかわかります？　あなたと違って私が藤堂家に相応しい出身だからよ！」

先ほど朗らかな笑顔で挨拶をしてきた真行寺さんに強く睨まれ、一瞬息をつめてしまう。

藤堂社長にも「相応しくない」と同じようなことを言われた。だから、家柄を突きつけられるとぐうの音も出ない。

私にはもうすぐ地方への転勤が待っている。身を引いて、涼介さんの目の前から消える身だ。彼女の言うように御曹司との結婚は普通とは違う。

「そうですか……」

確かに私のお腹の中には涼介さんとの子がいる。それなのに彼と関係を絶たなければならない。つらくてつらくて身が裂けそうな思いで毎日を過ごしている。

「わかりました」

真行寺さんがついた嘘は許せないけれど、それ以上のことを言う権利はないんだ。出しゃばった真似はできない。

ひと息ついて冷静になると妙に頭がクリアになる。

「わかったのなら、もう二度と涼介君の前に……うぅっ」

突然、真行寺さんが苦しげに顔を歪め、お腹を押さえて屈んだ。

「真行寺さん！」

今にも膝から崩れ落ちそうになる彼女の身体を咄嗟に支えると、ズシッと体重がのしかかる。

「歩けますか？　歩けないようなら――」

「大丈夫です」

お腹の傷みは一瞬だったのか、体勢を持ち直すと彼女は支える私の手を振り払った。

「きっと毎日のストレスのせいです。結婚したくもない人の子を身ごもって……つわりで毎日つらい思いして……」

腹痛の名残を宥めるようにお腹をさする真行寺さんの額には、うっすら汗が滲んでいた。

「無理しちゃだめ、私もつわりがひどかったから気持ちはわかります。でも、赤ちゃんだって腹の中で頑張ってるんですよ？　ママになるんだから、しっかりして」

「広瀬さん……」

強がってもやはりつらいのか、背中を丸めたまま上目遣いで私を見る。

「救急で診てもらいましょう、私の腕に摑まって」

真行寺さんはなにかを考え込むように視線を揺らめかせ、再び苦痛に顔を歪めた。

「……あなたってお節介ね。大丈夫って言ってるのに」

「お腹の赤ちゃんが苦しがってるかもしれませんから、早く」

「もう……」

散々私に嫌味を言った気まずさからか、真行寺さんは私の腕に摑まりながら顔を背けたまま、診察室に入るまで一切目を合わせようとはしなかった。

あんなに嫌な思いをさせられたというのに、私はなぜか真行寺さんのことが心配で、しばらく病院のロビーのソファに座っていた。

午後からの仕事も今から行っても意味がない。高村主任に事情を話して休みをもらうことにした。

ほんと、真行寺さんが言うように私ってお節介なのかも……。

人知れず苦笑いを浮かべていると、真行寺さんの担当看護師が私のところへやって来た。

「真行寺澪さんをお連れいただいた方ですか？」

「はい、あの彼女の容態は……」

ソファから立ち上がると、看護師がニコリと微笑む。

「大丈夫ですよ、赤ちゃんにも問題ありませんでしたし、念のためご家族の方にも連絡してありますので、ご安心ください」

よかった……。

万が一流産なんてことにでもなったら、同じ妊婦として私も悲しい。ホッと胸を撫で下ろし、私は病院を後にした。


翌日。

「高村主任、昨日はすみませんでした」

出勤してすぐに改めて昨日の出来事を高村主任に話すと、「大丈夫よ、あなたも身重なのに大変だったわね」と労わってくれた。

「そういえば、遠野部長が広瀬さんに話があるから、出勤次第ミーティングルームに来るように伝えて欲しいって言われたんだけど……」

遠野部長が私に話があるとすれば、心当たりがある。きっと辞令のことだ。

「わかりました。すぐにミーティングルームに行きます」

「じゃあ、遠野部長に私から連絡しておくわね」

どことなく私を心配するような目を向けて、高村主任が微笑んだ。

ミーティングルームに行くとまだ遠野部長は来ておらず、誰もいない部屋に私のため息が響いた。いつもここでチームのみんなと企画会議をしたり、冗談を言って笑い合ったりした。同僚はいい人たちばかりでここを去ると思うと切なさが込み上げる。

「あぁ、もう来ていたか、待たせたね。そこに座ってくれないか」

ノックもなしにいきなりドアが開いてビクリと肩が跳ねた。

「失礼します」

軽く会釈をして遠野部長と向かい合わせに座った。

遠野部長は高村主任と同じく私が入社した当初からお世話になっている上司だ。物腰柔らかく温厚で、少し小太りな体型に愛嬌を感じていた。部長だからといって高圧的なこともなく、部署の社員からも親しまれている。

「いきなり呼び出してすまなかったね、あまり人の目のない場所で話したい内容だから……」

眼鏡をクイッと押し上げて小さく咳払いする。これから辞令についての話があるのだと思うと一気に緊張感が走る。けれど、そんな身構える私とは裏腹に遠野部長が目尻に皺を寄せてニコリとした。

「セクハラ発言と捉えて欲しくないんだが、君、お腹に赤ちゃんがいるんだろう？うちの娘も今五ヵ月目でね、だからわかるんだ」

てっきり辞令の詳細を告げられると思っていた。その話を聞いた途端にふっと身体から力が抜ける。

「え、じゃあお孫さんができるんですか？　おめでとうございます」

私と同じ年頃の娘がいることは知っていたけど、赤ちゃんができた話は初耳だ。嬉しそうに頬を綻ばせて、すぐに遠野部長は唇をキュッと結び真顔になる。

「それで本題なんだが、うちの部署からひとり熊本《くまもと》にある支店へ異動させる話が出ていてね」

来た！

一瞬緩んだ身体を再び引き締め、テーブルの下で拳を握る。

「異動する社員に君の名前が挙がっている。業務内容を統率する役割として、向こうでは主任を担ってもらう予定なんだが……」

そこまで言い終わると遠野部長がうーんと低く唸った。

「なぜ身重である君を今異動させるのか腑に落ちないんだよ、どうやら人事部は広瀬さんの妊娠を知らないようだ。しかも、今週中に転勤するようにと急ぎの話でね」

今日は水曜日。

藤堂社長にできるだけ早く、と確かに言ったけれどまだわずかに心の準備ができていなかったのか、今週中と聞いて困惑する。

「私も異動した社員を何人も見送ってきたが、今回みたいに急なケースは初めてだ」

遠野部長が首を捻る理由はよくわかる。うちの会社の異動辞令は業務の申し送りなどを含めた期間を設けて一ヵ月前に知らされることになっていた。

もし遠野部長が涼介さんと一緒に住んでいることも併せて付き合っているという噂を知っていればお腹の子が誰の子なのか想像がつくだろう。けれど、結婚の届けを会社に出していないことや苗字が変わっていないことから、遠野部長なりに複雑な私的事情を悟っているように思えた。

「いいんです。結婚の予定もないですし、相手もいないので……」

リアクションに困る言い方をしてしまったかな、と苦笑いを浮かべると遠野部長は笑みを返すでもなく、爪の先でこめかみをかいてぽつりと「そうか」と呟いた。

『来週から新天地での勤務になる。引っ越しの準備やらで大変だと思うから、自由に休みを取って構わないから』

『なんせ急な話だからね、仕事の引き継ぎ云々は高村に言って都合をつけてもらうし、心配いらないよ』

遠野部長が私の肩をポンと叩いてそう最後に言葉をかけてくれたとき、その目には同情が滲んでいた。遠野部長の視線を思い出すと惨めな自分に目が潤みそうになる。

引っ越しの準備といっても、元々家具や家電は涼介さんのものだし、私の物といえばスーツケースに収まってしまくらいの服や小物類だけ。それに右も左もわからない土地でまず探さなければならないのは住む物件と定期健診のための病院だ。

私は会社から帰宅するとさっそくインターネットで検索し、いくつか候補に目星をつけた。最悪、住む場所を探すのに間に合わなくても、一時的にビジネスホテルに泊まればいい。引っ越そうと思えば明日にでもここを出ていくことはできる。

そんなことを考えながらベランダに出ると、マンションから一望できる街の夜景をぼんやり眺めた。

これでよかったんだよね……。

私との関係は当人同士がよくても周りが認められないものだった。だから、涼介さんにとってマイナスになることはしたくない。

昔からよく姉に『よくも悪くも結衣は聞き分けがいい』と言われた。それは、丸く収まるのなら自分のことよりも相手のことを優先するのが一番だという私の性格みたいなものだ。

『許嫁が解消されたって絶対に諦めない！』

ふと、真行寺さんの言葉が脳裏に過る。本当はあんなふうに食い下がる勇気が欲しい。彼女の気概が羨ましいとさえ思う。

もう、彼の寝顔も見られないんだな……。

私は涼介さんの寝顔を密かに見守るのが好きだった。

彼よりも早く目が覚めた朝は、仕事で気を張っている凛とした顔も好きだけれど、無防備な涼介さんの寝顔を見ることができた。指先で髪に触れるとサラッとして、長い睫毛は朝日に輝いて見えた。こんな姿を見られるのは世界中で私だけだと優越感に浸って、彼の指も唇もすべて自分のものなのだと思うとどうしようもなく嬉しくて泣きそうになった。でも、ゆっくりと流れていたあの時間は……もう来ない。

遠くで車のクラクションが聞こえてハッと我に返る。無情にも現実に引き戻され、目を伏せたとき、手元のスマホが鳴った。

涼介さんからだった。

彼は今、私の身になにが起きているかなんて知らない。遠いところへ離れていこうとしているなんて想像もしていないだろう。

「もしもし」

『結衣、元気にしているか？』

相変わらずの彼の声にホッとして、そして胸が痛んだ。

『実は予定よりも早く仕事が片付いて、明後日にはそっちに戻れそうなんだ』

「え……」

『東京に着いたら一番に会いに行く、君に渡したい物があるんだ』

渡したい物？

涼介さんの声は楽しげに弾んでいた。それだけで私もつられて少し気持ちが明るくなる。

『早く結衣に会いたい。毎日ずっと君のことを考えているんだ。今、なにをしているか、今日はなにを食べてるかって……はは、これじゃまるでストーカーだよな』

「私も涼介さんに早く会いたいです」

会ってあの一番好きな笑顔を見せて欲しい。自分だけに向けて欲しい。思い切り私を抱きしめて、腕の中に閉じ込めて、彼のものだけにして欲しい。

でも、もう叶わない……。

「今、マンションのベランダにいるんですけど……あ、月が見えます。涼介さんにも見えますか？」

天を仰ぐと柔らかな光をたたえた三日月が、雲ひとつない夜空に浮かんでいた。

「あぁ、本当だ。ホテルの部屋からでもよく見える」

「私たち、今同じ月を見てるんですね」

会えなくても、同じものを見ているだけで気持ちが通じているように思えて嬉しい。それだけで満足だ。

「今夜の夜景もすごく綺麗ですよ。あ、去年にクリスマスの夜に見た夜景、覚えてますか？　もう一度、涼介さんと見たかったです……」

「結衣？」

いけないと思いつつも無意識に声が沈む。このまま涼介さんと電話をしていたら明るく振る舞う余裕に自信がなくなってしまいそうだった。

「もう寝なきゃ、明日も早いんですよね？」

「あ、ああ……結衣、この前の電話でも思ったが、なにかあったんじゃないか？」

もう、どうしてこういうときばかり勘が鋭いんだろう……。

彼が出張中、私に起こった出来事をぶちまけてしまいたい衝動をぐっと抑え込んで、

「なにもないです。大丈夫ですよ」と精一杯笑って答えた。

「ならいいんだが……」

「涼介さんは心配性なんだから、私は平気です。おやすみなさい」

半ば強引に電話を切ると、はぁ、と深くため息をついてベランダの手すりに突っ伏した。

明後日には涼介さんが帰って来る。本当はもう一度会って抱き合いたかった。けれど、そんなことをすればきっと気持ちが揺らいでしまう。

明日、ここを出よう。

同僚になにも告げず会社を離れるのも心残りだけれど、自分の未練を断ち切るため私はそう決意した。

翌日の早朝。

私はまだ誰も出勤していないオフィスに来ていた。自分のデスク周りを片付けるためだ。手には荷物をまとめたものを押し込んだスーツケース、このまま用を済ませて東京駅へ向かうつもりだった。

ブラインドの下がった室内は薄暗く、しんと静まり返っている。こんな時間にごそごそとしているのを誰かに見られたら不審者に間違われるかもしれない、と早めにオフィスを出ようとしていたそのとき。

「広瀬さん？」

いきなり背後から声をかけられ、誰もいないと思っていたから「ひゃっ」と妙な声が口から飛び出した。勢いよく振り向くと、こんな時間にどうして私がいるのかというような顔をした今井君がドアの前に立っていた。

「お、おはよう。今日は早いんだね」

しどろもどろな私に怪訝な表情で彼が歩み寄ってきた。

「うん、会議の資料を作ろうと思って。昨日、家に持ち帰ってやってたんだけど結局途中で寝ちゃってさ、朝イチで必要だっていうから……」

今井君がスーツケースの存在に気づき、それに視線を移す。

「こんな早くにスーツケースなんか持って、どうしたの？」

「え、えっと……あ、あのね、休みをもらってこれから旅行に行くの」

咄嗟に浮かんだ苦し紛れの言い訳に苦笑いを浮かべるけれど、今井君は眼鏡の奥で疑心暗鬼にスッと目を細めた。

「旅行に行くのにわざわざこんな綺麗にデスク周りを片付けるのか？」

必要のないものば全部段ボールに入れて捨てた。今、デスクの上にはパソコンしかなく、まるで転勤して去っていった社員のそれだ。ますます怪しいという視線に耐えかねて、私はもう最後だしと正直に転勤の話を告げた。

「熊本支店に異動？　もしかしてそれって……ずいぶん前に僕のところに打診されたやつかな」

「え？」

「そのときは一旦保留になったんだけど、どうして今頃？　しかも僕にじゃなくて広瀬さんに？　それに……」

今井君の視線が私のふくらんだお腹に向けられる。

「どう考えたって今の君に不都合な辞令だろ？　藤堂ＣＥＯは――」

「もういいの」

震えそうな声を抑えつけて言うのが精一杯だった。言葉を遮られた今井君は言われるまましばらく黙り込んだ。

「これは藤堂ＣＥＯのためなの。たぶん、今日あたり高村主任からみんなに話があると思うけど……私はこの辞令を了承した」

「でも――」

「ごめんね」

「あ、広瀬さん！」

私は顔を背けてスーツケースを手に取り、逃げるようにオフィスを出た。

今井君は一瞬表情を変えてなにか言いかけていたけれど、それを読み取る余裕はなく、オフィスを飛び出したら、もうそんなことは頭から飛び去っていた。

はぁ、後味悪いことしちゃったな……。

少し頭を冷やそうと、駅の近くにあるカフェに寄った。フルーツジュースの喉ごしは冷たくて、冷静になると再びため息が出た。気がつけばもう始業時間。いつもならオフィスで仕事をしている頃だ。マンションの鍵はコンシェルジュに預けたし、部屋も出る前にひととおり掃除をしてきた。新幹線の時刻表を確認すると、じわじわと虚しい旅立ちの実感が湧いてくる。ここのカフェもよく美佳と一緒に来た。転勤のことを黙って去ったなんて知ったらきっと怒るに違いない。

でも、私の場合、転勤というより左遷に近いもんね……。

それに、私が妊婦だと気づいた女子社員たちから影で『誰の子？』『やっぱり藤堂CEOとの子じゃない？』なんてヒソヒソ言われているのにも気づいてる。お世話になった先輩や同僚たちには申し訳ないけれど、ここは波風立てずに立ち去りたい。

ふと、私の行動に失望した涼介さんの顔が一瞬頭に浮かぶ。

ああ、考えちゃだめ！　よし！　行こう。

涼介さんの残像を首を振って掻き消す。

気持ちを切り替えてテーブルに置かれた伝票を手にしたそのとき、バッグの中のスマホが鳴っていることに気づく。手に取ると、相手は涼介さんからで通話をタップしていいものか躊躇する。

この電話で彼と交わす最後の会話にしよう。

私は自分につくづく甘い。電話を無視することだってできたのに。

「もしもし」

『結衣か!?　今どこにいる？』

明らかに感情が昂っている声が耳に飛び込んできた。その声音に、涼介さんがすべてを知ってしまったのだと悟る。

『転勤って、どういうことだ？』

なにか言わなければと思うけれどなにも言葉が浮かんでこず、結局唇をわずかに上下させただけで視線を下げる。

『結衣、黙っていないでなにか言ってくれ』

電話の向こうで珍しく涼介さんが動揺している顔が目に浮かぶ。ゴクッと喉を鳴らして私が口を開く前に、涼介さんが続けてまくしたてる。

『それに手切れ金って……いったいなんのことだ？　父となにがあった？』

「そこまで知ってるなら、話は早いです」

『え？』

自分でもびっくりするような低くて冷たい声に、涼介さんが押し黙る。

「私、両親を失ってずっと貧乏暮らしで辟易してたんです。涼介さんは私に利用されたんですよ」

馬鹿みたいだ。こんなこと本当は言いたくないのに、誰かに自分の身体乗っ取られたように勝手に口から言葉が出てくる。

「お金持ちの御曹司に近づいて、妊娠してでもお金が欲しかったんです。結婚なんてどうせ周りから反対されるってわかってましたから……」

『おい、なにを言って――』

「きっと藤堂社長は別れさせるために手切れ金を渡してくるだろうなって、最初から全部私の目論見どおりなんです」

自分でもひどいことを言っているという自覚はある。もし、私が涼介さんの立場ならきっと涙も流さず心臓が止まってしまっていたかもしれない。

「お金に目がくらんだ卑しい女だって、藤堂社長はそう言ってませんでしたか？　私はそういう女なんです。涼介さんには……相応しくない」

言葉が尻すぼみになるのを慌てて整えると、電話の向こうから彼のため息が聞こえた。

『とにかく会って話をしよう』

「話すことなんてありません」

聞き分けのない子どもを窘めるような口調で名前を呼ばれ肩が震える。会って話をしてしまえばきっと気持ちが揺らいでしまう。ここまで決心したのに水の泡だ。

「もうなにもかも終わりにしましょう」

『おい、待て！』

「さようなら！」

すべてを振り切るように通話を切って額に手のひらを押し当てる。これでなにもかもが終わった。もう二度と彼と会うことも話をすることもないだろう。どうしようもない虚無感に襲われて、店の中でみっともなく泣き出す前に私はカフェを後にした。

目に映る街の景色が色もなく、すべてモノクロームに見える。ほとんど衣類しか入っていないスーツケースがずしりと重い。カフェを出たら、もうあとは東京駅に向かうだけだ。本当にそれでいいのかもう一度自分の胸に聞いてみる。

そうだ、最後に……もう一度だけ。

未練がましいと思いつつも、頭の中に浮かんだとある場所へ向かって私は歩き出した。

ここへ来たのはずいぶん久しぶりな気がする。

私は去年のクリスマスの夜、涼介さんに連れてきてもらったあの丘へ来ていた。初めて来たときは星の海のような綺麗な夜景が広がっていた。日中の景色は青々とした空の下に様々な形をしたビルやタワーが風景を彩っていて、時間帯によってまったく印象が違った。

バイブにしていたスマホに涼介さんから着信が何件か入っていた。バッグの奥へ入れていたため気づかなかったけれど、もう彼と話すこともない。心の中にまだ燻っている未練の残滓を断ち切るため、私は彼の連絡先を削除した。

「……っ」

やだ、なに泣いてるの私。

涼介さんのことを忘れようと思うのに、気持ちがついていかない自分に呆れる。こぼれる嗚咽を抑え込もうと両手で顔を覆ったら指先が冷たかった。外気にさらされて冷たくなったというより、内側から熱が失せていく感覚だ。気分と一緒に体温が下がってきたみたいになって、いけない、と顔から手を下ろしたら目の前がぼんやりかすんでいた。

どうして私、幸せになれなかったんだろう。

そう思ったらふと、両親がまだ生きていた頃の思い出が蘇る。姉と一緒に手をつないで父も母もみんな楽しげに笑っていた。そんな笑顔の絶えない家庭を作ることに憧れて、それを涼介さんと共にすることが最高の幸せだと思っていたのに……。

沖縄で出会って会社で遭遇した彼は偶然にも私の部署のCEOだった。何事にも常にどっしりと構えていて頼もしい反面、過保護なくらいに心配性で大海原のように懐の広い人。彼以上に愛せる人はいない。

様々な思いが胸の中に渦巻いて、俯くとポロッと涙が落ちた。相も変わらず胸元のダイヤのネックレスは光り輝いていて、まるで慰められている気分になる。

抑えきれなかった嗚咽が口からこぼれると、堰を切ったように涙がどっと溢れてきた。涙で溺れないように何度も拭って顔もぐちゃぐちゃになる。

「涼介、さ、……私、愛してます」

最後にもう一回、愛してると言わせて欲しい。そう思って口にしたときだった。

「愛してるなら、俺から離れないでくれ」

次の瞬間。ふわっと背中に温もりを感じ、後ろから回された腕にギュッと抱きしめられた。心臓が竦みあがると同時にヒュッと喉が鳴り、息も吐けなくなる。

「やっと見つけた」

え……？

信じられない。どうしてここに？

振り向かなくても声だけで誰だかわかる。呆然としている私の身体を背中から抱き込んでいるのは——。

「涼介、さん？」

怒っているのか呆れているのか、背後に立っているため彼の表情がうかがい知れない。そして腕の力が緩められ、互いに向かい合う。

「あ、あの、出張から戻るのは明日だったんじゃ……」

口をパクパクさせている私の目の前に立っているのは、紛れもなく涼介さんだ。夢でも幻でもない。

「まったく、君って人は……」

必死に私を探していたようで、彼の額にうっすら汗が滲んでいる。困ったような顔をして眉尻を下げた。

「最近、君の様子がどうもおかしいと思っていたんだ。だから戻りを一日早めて話を聞こうと今朝こっちに戻ってきたんだが……いきなり高村主任から君の転勤の話を聞かされて焦ったぞ」

おそらく遠野部長から高村主任に私の異動について話があり、高村主任は私が涼介さんの子を妊娠している事情を知っていたから、どうなっているんだと慌てて直接涼介さんに連絡を取ってくれたのだろう。

「それに、さっきの茶番はなんなんだ？　お金が欲しかっただって？　俺がそんな嘘を本気で信じると思ってるのか？　マンションに帰ってみればやけにこざっぱり片付けられていて、嫌な予感がしたんだ」

彼は胸の前で腕を組み、ざっくり眉間に皺を寄せている。

「どうして私がここにいるってわかったんですか？」

その嫌な予感だけでこの場所が特定できるわけがない。

「昨夜の電話で、クリスマスの夜に見た夜景を俺ともう一度見たいと言っていただろ？　それでピンときたんだ」

そういえばそんなことを言った。私の言葉をしっかり覚えていてくれて、私のために探しに来てくれた。痛いほど彼の愛情を感じているにもかかわらず、突っぱねるよな真似をして、きっと涼介さんは怒っているに違いない。

「……怒ってるんですよね？」

「当たり前だ。本当に腹立たしい」

こういうとき、下手に言葉を重ねると相手の心は一層離れていってしまう。だけど、なにか言わなければと自分の気持ちを整理して口を開きかけると、彼の唇のほうが先に動いた。

「愛しているのは君だけだと何度も囁いて、俺の腕の中に閉じ込めていたつもりでも、君は笑って俺の手の間からすり抜けようとする。それを留めきれない自分に腹が立つんだ」

苛立ちを含んだ声音。見下ろされると自分が責められているわけでもないのに、威圧感がありその場に膝をついてしまいそうになる。

「俺は身内がなんて言おうと、君を手放すつもりは一切ない」

「それじゃだめなんです！　涼介さんはこれからどんどん仕事をこなして出世する身んです。私といたんじゃ……」

「結衣を手に入れられないのなら、出世もなにもいらない。君がそばにいないと、息もできないくらい苦しいんだ」

両手で左右の頬を包み込まれ、半ば強引に上向かされるとぼんやりと滲んだ涼介さんの顔が目の前に迫った。

「あ……」

その彼の表情を見定める暇もなく唇を奪われた。無防備に開いていた唇から舌がねじ込まれて肩が震える。両頬にあてがっていた手がするすると移動して、私の身体を抱きしめるとキスが深みを増した。勢い余ったのかきつく吸い上げられたけれど、痛いというには甘さの残る加減だった。だから抵抗する気にもなれない。そして、私はどんなに彼から隠れて離れようとしても逃げられないことを悟った。

「ご、ごめんなさ……い」

濡れた唇を甘噛みされ、私は吐息の混ざる声で謝罪する。もう他に言いようがない。するとと涼介さんが頬に唇を滑らせて肩口に顔を埋めてきた。

「謝るのは俺のほうだ。父のことも……手切れ金なんて本当は受け取ってないんだろ？　君はそんな女じゃないって、俺が一番よくわかっている。それなのにどうしてあんな嘘をつくんだ」

改めてそう言われるとそうだ。私が「お金目当てだった」などと言っても、きっと彼は信じない。

「先日、私が涼介さん以外の男の人と腕を組んで歩いている写真を藤堂社長から渡されて……」

「写真？」

身体を少し離して涼介さんが私の顔を覗き込む。

「もちろん身に覚えのない写真です。相手の男性も知らない人でした。浮気しているって藤堂社長に誤解されてしまって否定はしましたけど……」

「その写真、人為的な感じがするな。それで、その写真を理由に俺と別れるように手入れ金を渡してきたんだな？」

確認する彼に私はコクンと小さく頷く。出張に行っている間、私の身に起こったことが次第に明らかになり、彼は憤りを感じているのか震える拳を握りつぶすようにした。

「手切れ金なんてもちろん受け取ってません。その代わりに私を地方支店へ飛ばして欲しいと願い出ました」

言葉の途中で、すとんと涼介さんの表情が抜け落ちた。眉間の皺が消え、口元のこわばりが抜けて呆然とした顔になる。

「病院で真行寺さんに会ったんです。今の旦那様とは離婚するって言ってました。そうしたら涼介さんと結婚するって、藤堂社長も了承しているし、相応しい家柄だからって言われて……」

涼介さんはずっと気持ちを強く持ち続けて私を愛してくれていたというのに、弱気な自分が情けない。

「家柄について言われたら、引け目を感じるのはわかる。真行寺は弱気になった君の隙をついて、そんなふうに言ったんだな。全部真行寺のはったりだ」

こんなことじゃいけない。もっと愛し愛されている自信をもたなければ、しっかり涼介さんの手に掴まっていなければまた見失ってしまう。彼は何度でも私の手を取ろうとしてくれるけれど、もう次はないかもしれない。

「でも、もう私迷いません。なにがあっても涼介さんについていきます。私だって諦めたくないんです」

涼介さんを見上げ、顔を合わせると彼は唇の端を押し上げた。

「一緒に来て欲しいところがある。車に乗ってくれ」

「え？　どこに行くんですか？」

「決まってるだろ、藤堂代表取締役社長室に乗り込むぞ」


車を走らせ一時間。

会社の駐車場に到着し、身体を気遣われながら車を降りる。手を引かれ建物の中へ入るとすぐにエレベーターの扉があった。

「これは社長室直結の専用エレベーターだ。ほかの社員に顔を合わせずに行ける」

そんなエレベーターがあるなんて知らなかった……。

エレベーターに乗るとぐんぐんと箱が上昇し、緊張するまもなくあっという間に社長室のあるフロアまでやってきた。

「今の時間帯なら父はここにいるはずだ」

「あの、藤堂社長になにを……」

「俺が出張している間、君の身に起きたすべてのことを父から全部説明してもらう。それと同時に君の潔白を晴らす」

唇を真一文字に引き結び、なにも心配いらないと涼介さんが私の背中を撫でる。

「それに、君が浮気をしているという写真、どうも引っかかるんだ」

渦巻く憤りを押さえ込んだまま、大股歩きで歩み寄り社長室のノブに手を伸ばした彼の手が止まる。

「開いてる……誰かいるんで――」

よっぽどうっかりしていたのか、社長室のドアがほんのわずかな隙間を残して開いていた。

「シッ、先客がいるみたいだな」

唇に人差し指をあてがい、私に目配せする。ふたりで気配を消し、そっとドアの隙間から中の様子をうかがう。

「それで、彼女はいつ異動になるんですか？　あの写真、見てくれたんですよね？今日はその確認をしに来ました」

この声は……真行寺さん？

あの写真って……まさか、写真を渡したのは真行寺さんだったの？

ドアの数メートル先で藤堂社長と真行寺さんが左右に向かい合ってソファに座っているのが見える。ソファの間に置かれたテーブルの上には、数枚の写真が無造作に散らばっていた。ここからじゃよく見えないけれど、たぶん私が浮気をしているといって見せられた写真だ。すると、藤堂社長がその中から一枚取り上げ、眉間に皺を寄せうーんと低く唸りながら写真を凝視した。

「先日、本人に直接確認した。無論、浮気などしていない、ここに写っている男性は知らない人だと言っていたよ」

「そんなわけない、いくらでも言い訳できるけど実際こうして写真に写ってるじゃない」

身を乗り出して真行寺さんがすかさず不平を述べると、藤堂社長が人差し指と親指を顎に滑らせる。

「元々、あのふたりについては私も否定的だったんだ。しかし、彼女が涼介の子を妊娠したと聞いて少し考えを改めようとしていたんだが……まさか広瀬さんが浮気をしているという証拠写真を君から見せられるとはなぁ」

藤堂社長はゆっくりとした口調で淡々と語り、手にした写真をテーブルに置く。

「自分の息子の相手が浮気していると聞き、頭に血が上って金銭で解決しようと試みたが……予想外にも彼女は手切れ金を受け取らず、自分から身を引くために異動を申し出たんだよ」

「それは身の程をわきまえたからでしょう？」

真行寺さんは鼻で笑って頬を引きつらせる。藤堂社長はそんな彼女をじっと観察するように見つめていた。

「広瀬さんの勤務態度も真面目だと彼女の上司から聞いているし、彼女は浮気を疑われても事を荒立てることなく身を引くことを選択した。きっと涼介のことを考えての行動だったんだろう。それで思い直したんだが……そんな純粋な人が果たして浮気などするか、とね。私も人を見る目はあるほうだと自負しているつもりだ」

「人を見る目があるなら疑問に思うまでもないんじゃ？　早く彼女と引き離すべきです！　彼だってずっと騙されて——」

「俺がなんだって？」

今まで息を潜めて室内の様子をうかがっていた涼介さんだったけれど、もう我慢の限界だったのか、勢いよくバン！とドアを押し開き、ずかずかと中へ入っていった。

私も後に続くと真行寺さんと目が合い、彼女がギョッとした目で私を見た。

「なんだ涼介、ノックもなしに」

なんの前触れもなく、いきなり現れた涼介さんに驚いた藤堂社長が目を見開く。

ずっと写真のことが引っかかってやきもきしていたのか、涼介さんは一番に写真をテーブルから拾い上げた。眉間に皺を寄せ、難しげな顔でしばらく写真に見入っていたかと思うと、ビリッとそれを引き裂いた。

「やだ、涼介君、なにしてるの？　広瀬さんが浮気してることを証明する大事な証拠なのに」

「これが証拠だって？」

眦を吊り上げ涼介さんがギロッと真行寺さんを睨む。その表情は冷淡で鋭く、背中に冷や汗が浮く。

「この写真はどこで手に入れた？」

「し、知り合いに頼んで……撮影してもらったのよ」

どことなく真行寺さんの目がうろうろと泳いでいる。それを聞いて涼介さんは疲れたようにため息をついた。

「君が勤めているのは確か画像加工やデザインソフトウェアの会社だったな？」

「ええ、そうよ」

「君は画像処理エンジニアで専門的な知識はあるにもかかわらず、これが合成だってわからなかったのか？　アングルもおかしいし、この女性の顔だって結衣に似せて加工してある。こういうのは見る人が見ればすぐにわかるものだ」

涼介さんに指摘され、真行寺さんの表情がたちまち焦りの色に変わっていった。

「結衣を陥れるため、自分で作った……そうだろ？」

「ち、違っ」

「正直に言ったらどうなんだ。会社に問い合わせれば、君がこれを作ったという証拠がゴロゴロ出てくる」

涼介さんに厳しく諭された真行寺さんは、なにかを守るように強く拳を握っていた。唇を噛み締め、一瞬抵抗する姿勢を見せたけれど、ついに両手で顔を覆って泣き出してしまった。

「まったく、泣けば済む話じゃないだろ。それ以上に君は結衣にひどいことをしたんだから」

怒鳴るわけでもなくその静かな口調には重みがあった。

「あの、涼介さん、もういいです」

泣き崩れる真行寺さんを見ていられなくて、私が口火を切ると彼が意外だというような表情を向けた。

「これは許されることじゃない」

自分のために怒ってくれているのはわかる。それを優しく宥めるように私はゆっくり首を振った。

「真行寺さんの子が涼介さんの子じゃないってわかった上で藤堂社長がふたりの結婚を認めていたとしても、私はシングルマザーとしてこの子を産み育てるつもりでした。それでも涼介さんへの気持ちは変わりません」

私の素直な揺るがない想いを伝えると、涼介さんがすとんと肩を落として溜飲を下げた。

「ちょっと待ってくれ、私が真行寺のお嬢さんと涼介の結婚を認めているって？　いったいなんの話だ？」

寝耳に水といったふうに藤堂社長が目を丸くして、真行寺さんと涼介さんに視線を行ったり来たりさせた。

え？　もしかして藤堂社長はなにも知らないの？

藤堂社長の意外な反応に私も目を丸くする。

「まったく、なにが人を見る目がある、だ。父さんはこんな子供だましみたいな写真に踊らされていたんだよ。俺は長野でプロジェクトを成功させ、正式に結婚の許しをもらうつもりだった。それなのに水面下で勝手に手切れ金なんか……澪、どうしてこんな真似をしたのか説明してくれ」

しんと室内が静まり帰り、しゃくり上げる真行寺さんに視線が集まる。すべてが嘘だったと明るみに出た今、もう彼女の逃げ道はない。

「涼介君は——」

ぽつぽつと彼女の口から胸の内が告げられる。

「私にとって昔から憧れのお兄さんのような存在だったの。ずっと好きで許嫁だと親から言われたとき、すごく嬉しくて……」

今まで涼介さんに近づくすべての女性に嫌がらせをして取られまいとしていたらしい。けれど、涼介さんに彼女との結婚の意思がないとわかり許嫁関係が解消され、親の勧めで別の男性と結婚してから彼女の人生は歪んでしまった。

「涼介君のことを忘れられると思って父が決めた相手と結婚したのに、私が妊娠してつらくても仕事ばかりで全然話を聞いてくれなかった。喧嘩も増えたし、それでだんだん離婚を考えるようになったの、やっぱり私は涼介君とじゃないと幸せになれないって……そう思った」

真行寺さんが肩をひくつかせ、深く項垂れる。そして再び視線を上げると話を続けた。

「友達もいない、親も旦那も理解してくれなくて相談する相手もいなかった。だから涼介君と幸せそうにしている広瀬さんに嫉妬して……いなくなればいいのにってずっと思ってた」

真行寺さんがひと通り話し終えると、再び室内に沈黙が訪れる。

腕を組んで仁王立ちになった涼介さんがため息交じりに項垂れた真行寺さんを見下ろす。

「夫婦仲がうまくいっていないと聞いたから心配して、渋々病院にまで付き添ったが……旦那が仕事で忙しくしているのは、産まれてくる子どものためだったんじゃないか？　それなのに勝手に解釈したりして」

ここまで怒りを露わにする涼介さんを見たのは初めてだった。

「涼介さん、もうこの話は終わりにしましょう。真行寺さんだって、色々つらい思いをしたんだと思います」

完全に萎れてしまった真行寺さんが弱々しく顔を上げて私を見た。

「どうして？　散々私に嫌味を言われて……どうして私を庇うようなことが言えるんですか？」

確かに真行寺さんに言われたことは私の心を傷つけた。たくさん悩んで、泣いてどうしようもないくらい落ち込んだ。それでも誰にも相談できないつらさは私にも共感できる。だから自分から歩み寄っていけば、なんとなく真行寺さんの心の闇が理解できるような気がした。

あれ？　指輪してる……。

初めて会ったときは目につかなかったけれど、ふと、視線をやると彼女の左薬指に結婚指輪がはめられているのに気づく。

「真行寺さん、本当はまだ旦那様のこと愛しているんでしょう？」

「は？　あなた、私の話を聞いていなかった？　あの人とは離婚したいって言いましたよね？」

心外だ、と言わんばかりに真行寺さんが形のいい眉を顰める。

「それなら、どうしていまだに結婚指輪をしているんですか？　離婚したいくらい嫌なら、指輪だってするのも嫌なんじゃ？」

鋭い私の指摘に真行寺さんが気まずそうに目を伏せて押し黙る。そして吊り上げていた目を諦めたかのように緩めた。

「……ほんと、離婚したいって思ってるくせに、どうして指輪なんかしてるのか、自分でもわからない。いえ、本当は……わかっているけど、意地になって認めたくないだけなのかも」

「真行寺さん……」

「広瀬さん、私の身勝手な行動で嫌な思いをさせて……ごめんなさい」

襟元から覗く喉が上下して、そこからしぼり出すような声で彼女は私に謝罪し頭を下げた。

私は誰もが言うお人好しだ。真行寺さんの言葉を聞いたら、胸の中で渦巻いていたモヤモヤや嫌な思いも、大きな波に押し流されてすっきりした気分になった。

真行寺さんが座るソファの側へ歩み寄り、少し身をかがめると彼女が私を見上げた。

「さっき、友達がいないって言ってましたけど……私でよければ友達になってくれませんか？」

こんなふうに自分から友達になってなんて今まで言ったことはない。私自身、あまり社交的ではないし口下手だ。きっと彼女も同じだろう。そう思うと、真行寺さんとの間に不思議な共通点が見えた気がして嬉しくなる。

「私と、友達に……？」

責められると思ったのか、真行寺さんは意外な申し出に何度も目を瞬かせていた。

「澪、彼女はこういう女性なんだ。俺が結衣に惚れている理由、わかるだろ？ 君の旦那だって、澪に心惹かれる部分があったから君と一緒になったんだと思う」

私と真行寺さんの話をずっと黙って聞いていた涼介さんが歩み寄り、そっと私の肩を抱いた。

「ふふ、なによ見せつけてくれちゃって、涼介君に言われなくても広瀬さんの人柄は身に染みてよくわかったわ」

そう言うって真行寺さんがゆっくりとソファから立ち上がり、はぁ、と息を吐いた。

「私と友達になってくれるってほんとですか？　あんな嫌なことしたのに？」

「ええ、もう全部忘れることにします」

「広瀬さん……ありがとう」

ニコリと微笑むと、ようやく彼女が本来の明るい笑顔を見せてくれた。

「結衣、本当にあれでよかったのか？　友達になるなんて言って、あいつのわがままに付き合っていたら後悔するぞ？」

真行寺さんは『旦那様の好きな料理を作って夫婦としてもう一度やり直す』と言って社長室を後にした。重苦しい空気が晴れ、なんだか嵐が過ぎ去った後のようだ。

「いいんです。真行寺さんだって謝ってくれたじゃないですか」

先日、病院で真行寺さんが具合が悪くなったとき、『ママになるんだから、しっかりして』と言ったことを思い出し、自分こそしっかりしなきゃと活を入れた。だから彼女のすべてを許せたのだと思う。

すると、涼介さんは私の頭を抱き寄せて額に軽くキスをした。

「おいおい、イチャイチャするなら家でしてくれよ」

あ、と涼介さんと私は顔を見合わせると、藤堂社長がソファから立ちあがって私の前に立った。

「広瀬さん、まずは私の大きな誤解を謝罪する。無礼なことを言ってしまったことも併せて本当にすまなかった」

藤堂社長が深々と頭を下げ、私は恐れ多くなってブンブンと首を横に振った。

「そんな、あの、社長、顔を上げてください」

私に言われて腰を伸ばし、藤堂社長がはぁ、と力ない声を漏らす。

「結婚したいという君たちの意思は変わらないのだな？」

「無論です。彼女なしの人生なんて考えられない」

その問いかけに、涼介さんが力強く答える。私もそれに頷いて、自分も同じ気持ちである旨を伝えた。

「なるほどな。広瀬さん、藤堂家の分家は少々癖が強い。その覚悟はできていると？」

「はい」

「そうか、ちょっとそこで待っていなさい」

なんだろう？　そう思っている間、藤堂社長がなにやらデスクの引き出しから書類を取り出しサインをしている。そして私たちの前に戻ってくると、それを涼介さんに手渡した。書類に目を瞠る涼介さんに私は首を傾げ、チラッと覗き込む。そしてその書類の正体に私は思わず声が出そうになって口元を押さえた。

　これ、婚姻届だ……。

「いつか広瀬さんとの結婚を認めてくれる日が来たら、これに証人としてサインをしてくれと、涼介から預かっていた物だ」

　じゃあ……涼介さんとの結婚を認めてもらえたの？

　きょとんとしている私に、藤堂社長がクスリと笑う。

「それと、君に下った辞令を取り消そう。代わりに異動を希望している社員がいるらしいから問題ないとして……涼介、お前にはもったいないくらいの女性を見つけたな。広瀬さんは芯が強くて心が綺麗だ」

　眉尻を下げ、表情は優しく穏やかで社長ではなく父親の顔そのものだった。

「君の大らかさと聡明さを見ていたら、なんだか私の妻を見ているようだったよ。これから先、色々あると思うが……涼介、そのときはしっかり彼女を支えて守ってやれ」

「わかってる」

信じられない。消えてなくなってしまいそうだった涼介さんとの未来が再び形を取り戻し、鮮やかに色づき始めている。

「藤堂社長、ありがとうございます」

私は涙声を震わせて、目尻に滲む雫を人差し指でサッと拭った。

「りょ、うすけさ……あっ」

藤堂社長から結婚の許しをもらい、胸の高鳴りを抑えきれないまま帰宅する。玄関のドアが閉められたと同時に互いを求めあい、そして深い口づけを交わした。

「んぅ……っ」

「あぁ、すまない。苦しかったか？　つい夢中になった」

「大丈夫です」

あまりにも激しいキスに思わず噎せてしまい、涼介さんが熱烈なキスを解いて私の背中をさする。

「ここじゃなんだから、とにかく座ろうか、結衣に渡したい物があるんだ」

そういえば、出張中の電話で『渡したい物がある』と言っていたことを思い出す。リビングへ移動し、ふたりでソファへ座る。すると、ローテーブルの上にぽつんと置かれたコバルトブルーの小さな箱に目が留まる。

「開けてみてくれ」

言われるままそれをそっと手に取り、真っ白なリボンを解いてゆっくりと中を開けた。

「わぁ、綺麗……」

ゴクンと息を呑んで見つめるそれは、室内の照明にきらめく指輪だった。眩しいほどに輝いていて、私はしばらく言葉を失った。

「高村主任から君の話を聞いて急いでマンションに帰ったんだ。妙に片付けられた部屋に嫌な予感がして、君のスーツケースがあった場所を見たら消えてなくなっていた。出て行ったんだと思ったら、今までに味わったことがないくらい絶望した……もう、あんな思いは二度としたくない」

「……ごめんなさい」

あのときは、涼介さんの迷惑にならないことだけを考えていた。自分が身を引くことですべてがうまくいくのなら……と。けれど、それは自信のなさから逃げただけだったと気づかされる。心の底から私のことを愛してくれていた涼介さんに対して本当に馬鹿なことをした。

「必ず結衣を連れて帰ると、この俺の想いが詰まった結婚指輪と約束したんだ」

涼介さんが指輪を箱から取り出して、恭しく私の左手を掬い上げる。

「これでやっと君を藤堂結衣にできるな。この日が来るのをどんなに待ち望んでいたか……」

「涼介さ、ん」

私も嬉しくて現実を噛み締めると、こんこんと涙が湧いてきた。しゃくり上げる息もまだ整っておらず、涼介さんが眦からこぼれ落ちそうになる涙をキスで拭った。

「今度こそ完全に結衣を俺の腕の中に閉じ込められる。もう逃がさない」

両手で私の頬を包み再び唇を重ねられて、口を閉じる暇もなかった私の口内に彼の舌がするりと忍び込んできた。その熱い塊に私の骨の髄まで燃やす尽くされそうになる。そして、遠慮なく舌先をくすぐり、上顎を撫で、きつく吸い上げてきた。

「必ず幸せにする。結衣のこともこれから産まれてくる子どものことも、だから結婚してくれ、俺には君が必要なんだ」

愛する人から必要とされるその言葉は、どんな口説き文句よりも私の心を震わせた。

「はい」

強い想いを込めて短く返事をすると、涼介さんが私の左薬指に指輪をはめた。その瞬間、指輪の輝きが一層増したように見えた。

「一度君にプロポーズはしているが、なんだか初めてしたみたいだ」

ほんのり気恥ずかしそうに笑う涼介さんに私も笑みを返したそのとき。

「あ、今、赤ちゃんが動きました」

「そうか、やっと夫婦になったって喜んでるんじゃないか？　おーい、聞こえるか？　元気に産まれてくるんだぞ」

彼がそっと私のお腹に手をあてがい、やんわりと目を細める。

「ふふ、もうすっかりパパですね」

「そう言う君も、もう母親の顔だ」

見ると互いに照れくさそうな顔をしていてクスッと笑い合う。そして自然に身体を寄せて唇を重ねるだけのキスをした。

私の辞令は取り消され、後日、今井君が自ら異動を申し出ていたことを知った。

辞令がなくなったところで、やはり誰かが熊本へ異動しなければならないのは変わらなかった。そこで今井君が熊本へ立ったのだ。

『広瀬さんは藤堂CEOと幸せになるんだろ？　この異動は本来僕が行くべきだったから』

私の代わりに、と思うと後ろめたくて話をしたら、彼が笑ってそう言ってくれた。

その言葉にどんなに救われたかわからない。

翌月。私は晴れて藤堂結衣になり涼介さんと家族になった。

「え？　産まれた？　ああ、よかったですね！　おめでとうございます」

『もう、結衣さん、また敬語。私たちお友達なんだから、です。ます。禁止』

「す、すみません」

『ほら、すみませんも禁止！』

約束していた安産祈願を無事に終え、帰ろうとしていたとき真行寺さんから電話で無事に元気な男の子を出産したという連絡をもらった。

初めの頃はまだ私に嫌がらせをしていたことに後ろめたさを感じていたのかギクシャクしていたけれど、一緒にマタニティビクスに通ったりしているうちにだんだん打ち解けていった。

「真行寺さん、赤ちゃん産まれたって、元気な男の子ですって」

彼女と電話を切り、隣で歩く涼介さんに報告したら彼もホッと安心した様子だった。

「ほら、ここ砂利道だから気をつけて」

涼介さんが私の手を取り優しく握る。彼の手はいつだって温かい。どんなにつらくて悲しくて心が冷めきっていても、この温もりがあればなんでも乗り越えられる気がした。

「無事に子どもが産まれたら、またここに報告しに来ないとな」

「そうですね、今度は三人で」

「その前に結婚式をちゃんと挙げよう」

私のお腹が大きくなり、身体の負担も考えて私たちの結婚式は出産後にしようと話し合っていた。式を挙げなくても、私は彼と一緒に人生を歩めるならそれでいいと思っていたから、涼介さんの提案が嬉しくて思わず顔が綻ぶ。

「はい、楽しみがどんどん増えていきますね」

「結衣」

ふと、足を止めて涼介さんが私の耳元に唇を寄せた。

「ずっと愛してる」

ふいに囁かれた愛の言葉に心臓が跳ねあがる。

涼介さんを見上げると、爽やかな木漏れ日と共に、私の大好きな笑顔が降り注いでいた——。

エピローグ

大安吉日。雲ひとつない晴天の下、この佳き日に私、藤堂結衣は一生涯愛する人と挙式を挙げた。

憧れだった純白のウェディングドレスに身を包み、あんなにぽっこりしていたお腹もすっかり引っ込んでいる。妊娠中についた皮下脂肪を引き締めるため、この日のためにエクササイズを頑張った甲斐があった。

「美紅《みく》ちゃーん、おじいちゃんだよ。あぁ、なんて今日も可愛いんだ」

年が明けた頃。私は元気な女の子を出産した。ちょうど産まれたのが夕方で、ふと、窓の外から美しい夕焼けが見えて思いついた名前だった。涼介さんも気に入ってくれてすぐに〝美紅〟と名前が決まった。

お義父様は、私たちを気遣って挙式の最中もずっと美紅の面倒を見てくれていた。今も腕に抱いてあやしながら親族に、「自慢の孫娘だ」と言い回っている。

まだ出産して間もない頃、お義父様が早々にベビーサークルやら玩具などをたんまり買い込んで送ってくれた。涼介さんは『まだ新生児だぞ、なんて気が早いんだ』と言っていたけれど、やっぱり似た者親子のようだ。しかも、社長室のデスクの上には美紅の写真で埋め尽くされていて、一日一回は孫の写真を送るように言われている、と涼介さんが呆れ交じりにため息をついていた。

「あんなに美紅のことを可愛がってくれるなんて、ちょっと意外です。普段は会社でバリバリ仕事をこなしている社長だから……」

「あぁ、俺もそう思う。鼻の下を伸ばしているあんな父を見たのは初めてだ。部下の目もあるっていうのに、お構いなしにメロメロだな」

教会のステンドグラスから燦々と射す日差しを頭から浴びた涼介さんは、真っ白なタキシードを着てその容姿が際立っていた。彼のタキシード姿を見た瞬間、ほぅと感嘆のため息が出るほど素敵で式の最中もずっとドキドキと高鳴る心臓を抑えられなかった。

教会から披露宴会場へ移動する間、私たちほんのひとときの歓談を楽しんでいた。

挙式の場所は沖縄。涼介さんと初めて出会った思い出の場所で式を挙げたいという私のリクエストだった。オン・ザ・ビーチの開放感溢れる特別なロケーションで、教会を背に私の目の前には青々とした海が広がっている。

「結衣、こっち向いて」

突然、背後から名前を呼ばれて振り向くと、いきなり写真を撮られてびっくりする。

「ちょ、ちょっとお姉ちゃんってば、なにしてるの？」

「花嫁の不意打ちショット、こういうのが自然体で絵になるのよねぇ」

紆余曲折あったけど、涼介さんと正式に結婚が決まって、無事に子どもも産まれたと姉に報告したら、わんわん泣いて喜んでくれた。喧嘩もするけれど、唯一の肉親に祝福されると感動もひとしおだ。

「結衣がこんなに素敵な人と結婚だなんて……姉としてはちょっと羨ましい限りだけど、涼介さん、結衣のことよろしくお願いしますね」

「はい。必ず幸せにします」

傍らにいた涼介さんが微笑むと、なんだか気恥ずかしくなって頬に熱がこもる。

「赤ちゃんの名前、綺麗な夕焼けにちなんで美紅ちゃんなんだっけ？　可愛い名前ね。はぁ、私も伯母さんかぁ」

ついにこの日が来たかというように姉が遠い目をして海を眺め、あ、となにか思い出したかのように振り返った。

「そういえば、結衣の名前の由来知ってる？　お母さんから聞いたことない？」

え？　と私と涼介さんは顔を見合わせる。

「人との結びつきを大切に、優しく包み込んであげられるような子に、って意味が込められているのよ。あ、そろそろ披露宴会場に行く時間でしょ？　先に行ってるわね」

姉は手を振って背を向けた。

前に涼介さんの名前の由来を聞いたとき、自分の名前の由来がふと気になった。だから姉の話が、ビー玉を水に落としたかのように胸にすとんと落ちてきた。

「人との結びつきを大切に、優しく包み込んであげられるような子にか……君はその名前に込められた想い通りの女性になったわけだ。俺だって結衣の名前に負けないくらい、たっぷりの愛情で家族を包み込むつもりだぞ？」

「ふふ、よろしくお願いしますね」

涼介さんに言われ、改めて胸が満たされたそのとき、ギャーッと美紅の泣き声が聞こえてきた。

「俺たちの天使がお呼びのようだ。行こう」

「はい」

手を取り合った向こう側に、私たちの未来を思わせるような海の水面がキラキラと輝いていた――。

あとがき

こんにちは。初めましての方も夢野美紗《ゆめのみさ》です。

このたびは、マーマレード文庫さまでは二冊目となる『秘密の一夜で身ごもったら、俺様ＣＥＯが溺愛全開になりました』を手に取っていただきありがとうございました。

再会から始まるラブストーリーは王道設定で、それをありきたりではなくどう面白く書こうか悩みました。無事にお届けできて感無量です。楽しんでいただけたでしょうか？

妊娠をきっかけにより絆が深まっていく過程をほっこり楽しんでいただけたら幸いです。

最後になりましたが、出版・販売にあたり編集を担当してくださった皆様、素敵な表紙を飾って頂いた南国《なんごく》ばなな様、そしてこの作品を読んでくださった読者の皆様に深くお礼と感謝を申し上げます。

また別の作品でお会いできる日を、楽しみにしております！

夢野美紗　拝

marmalade bunko
マーマレード文庫

秘密の一夜で身ごもったら、
俺様CEOが溺愛全開になりました

2021年11月15日　第1刷発行　定価はカバーに表示してあります

著者　夢野美紗　©MISA YUMENO 2021
編集　株式会社エースクリエイター
発行人　鈴木幸辰
発行所　株式会社ハーパーコリンズ・ジャパン
東京都千代田区大手町1-5-1
電話　03-6269-2883（営業）
0570-008091（読者サービス係）
印刷・製本　中央精版印刷株式会社

ISBN-978-4-596-01721-5

m a r m a l a d e b u n k o